Robert Ellmer • Martini

Robert Ellmer

Martini

Ein Salzburger Krimi

verlags
haus
hernals

Die Handlung, Namen und Personen dieses Romans
sind frei erfunden.
Ähnlichkeiten mit lebenden oder verstorbenen Personen
sind reiner Zufall und keinesfalls beabsichtigt.

www.verlagshaus-hernals.at
Umschlagfoto: BigStockPhoto, Grafik: Johannes Ebner
Satz: b+R satzstudio, Graz
ISBN 978-3-9502577-7-9

PROLOG

Martin Huber nimmt das Salzburger Tagblatt vom 11. 11. 1978 zur Hand und liest auf der Titelseite:

Salzburger Millionenbetrüger schlägt wieder zu!

Europaweit gesuchter Erpresser nach dreistem Coup in Südfrankreich untergetaucht.

Sein drittes Opfer: Martin S., 34, erleichtert Ziegelwerke-Großaktionärin um 21 Millionen Schilling! Die Spur führt an die französische Riviera. Interpol jagt den meistgesuchten Verbrecher des Bundeslandes seit zwei Jahren – erfolglos! Martin S. ist der Polizei immer einen Schritt voraus. Was unternimmt die zuständige Kriminalabteilung der Gendarmerie? Ausführlicher Bericht im Blattinneren.

Huber blättert ein paar Mal um und liest weiter:

Martini in Salzburg: Lokale ausgebucht!

Am heutigen Martinstag können sich die heimischen Wirte auf hohe Umsätze freuen. Sepp Meißnitzer, Sprecher der Salzburger Gastronomie und Pächter der Blauen Gans, hat einen deutlichen Anstieg der Reservierungen bestätigt. Immer mehr Salzburger lassen sich das traditionelle Martini-Gans-Essen nicht entgehen.

Martin Huber legt das Salzburger Tagblatt zur Seite, nimmt den Nice-Matin und schaut seiner Frau nach, die ihm gerade eine Tasse Kaffee gebracht hat, wie sie in modischen Hausschuhen mit hohen Absätzen und im seidenen Morgenanzug Richtung Badezimmer schreitet. Napoléon schaut sie mit angelegten Ohren misstrauisch an, wie sie sich einmal kurz umdreht.

HOTEL IMPERIAL, WIEN

Zwei Tage vor dem Martinstag des Jahres 1978 bestellt Helene von Thun einen trockenen Martini mit Eis. Mit einer eleganten Bewegung serviert ihn der Barkeeper des Imperial. Helene schaut auf ihre diamantbesetzte Armbanduhr und zündet sich eine lange, schlanke Zigarette an. Sie ist zu früh dran. Wie immer. Sie hasst es, bei Verabredungen die Letzte zu sein. Sie nippt an ihrem Martini und ahnt nicht, dass sie an diesem Abend noch ein paar härtere Drinks bestellen wird. Sie ist in bester Laune. Sie wischt etwas Zigarettenasche von ihrem schwarzen Kleid. Giorgio Armani ist jetzt ihr Lieblingsschneider. Sie war nie eine Schönheit. Für ihr Alter sieht sie erstaunlich gut aus. Sie ist sportlich. Sehr sportlich. Sie ist eine exzellente Tennisspielerin und Skifahrerin. Sie reitet viel und schwimmt fast täglich vor dem Frühstück zehn bis zwanzig Runden in ihrem Pool. Helene von Thun ist reich. Sehr reich. Ihr Vater, Helmut von Thun, hat die Österreichischen Ziegelwerke gegründet. Helene gehören heute 51 Prozent. Sie gilt als eine der reichsten Frauen Österreichs. Sie versteht es, sich von der Öffentlichkeit abzuschirmen. Die Öffentlichkeit interessiert sie nicht. In den Klatschspalten scheint sie nicht auf. Frau von Thun mischt sich in Firmenbelange nicht ein. Mit den Ziegelwerken verbindet sie nur die Dividende. Sie gibt keine Interviews. Sie weiß, dass sie in zehn Jahren eine alte Frau sein wird. Sie hat nur noch ein Ziel. Sie will diese Jahre genießen. Beim Sport, mit ihren wenigen Freunden, an schönen Orten, mit Mark. Helene weiß, dass sich der unverschämt gut aussehende, viel jüngere Mann nicht für sie interessieren würde, wenn sie Kellnerin wäre. Oder Lehrerin. Oder Buchhalterin. Aber er hört ihr zu. Er verbringt Zeit mir ihrer Familie oder dem

Rest, der noch da ist. Mit ihrer schwierigen Tochter. Die studiert in Innsbruck. Mit ihrem schrulligen Bruder. Der lebt als Einsiedler in den Tiroler Bergen. Mark tanzt mit ihr. Und Mark macht ihr Komplimente. Ständig. Und er begehrt sie. Sagt er. Und hat es in vielen langen Nächten in Wien, Innsbruck, Lech und vor allem in Juan-les-Pins auch bewiesen. Am Cap d'Antibes haben sie sich kennengelernt. Helene von Thun geht es gut. Sie nippt an ihrem Martini und schaut auf die diamantbesetzte Armbanduhr. Mark kommt zu spät. Sie hasst es, wenn sie bei Verabredungen sitzen gelassen wird.

Sitzen gelassen hat sie ihren Mann. Ein fescher Bursche war er, der junge Ingenieur aus dem Werk, wie sie ihn vor vielen Jahren an einem Sommerabend vor der Villa ihres Vaters kennengelernt hat. Der hat den jungen Mann zu einem Gartenfest mitgenommen. Helmut von Thun hat große Pläne mit seinem ehrgeizigen Mitarbeiter gehabt. Rasch hat der im Werk Helenes Bruder ersetzt, der mit Geschäften nichts mehr zu tun haben wollte. Der hübsche Ingenieur war bald in den Ziegelwerken im Vorstand und mit Helene von Thun auf dem Standesamt. Die Geschäfte haben sich ausgeweitet – der alte Thun hat immer mehr ausländische Zement- und Ziegelfabriken aufgekauft. In Deutschland, Belgien und Frankreich. Vor allem in Frankreich. Geld hat er ja genug gehabt. Nach dem Krieg hat von Thun ein riesiges Vermögen angehäuft. Beim Wiederaufbau war für die Ziegelbranche Hochkonjunktur.

„Der Thun macht's mit Ton", hat man damals gesagt. Die Familie ist größer geworden – Helene hat eine Tochter bekommen. Die Jahre sind vergangen. Ihr immer noch gut aussehender Ehegatte hat bei der Repräsentation des Unternehmens nach außen großen Erfolg gehabt. Auch seine Kontakte im Werk sind teilweise hervorragend gewesen. Seine Sekretärin war eine Schönheit. Auch ungeschminkt, hat sich Helmut von Thun gedacht, wie er sie eines Morgens mit seinem Schwiegersohn im Jagdhaus der Familie angetroffen hat, nachdem er einen Tag früher als geplant von einer Geschäftsreise zurückgekommen ist. Die Scheidung hat Helenes Tochter nie ganz verwunden.

Helene schaut auf ihre diamantbesetzte Armbanduhr. Unfall, oder ...

Sie wollten sich hier treffen, eine Kleinigkeit essen und dann die paar Minuten bis zur Oper zu Fuß gehen. Jetzt wird ihr ziemlich warm, dann rasch kalt. Ein ungutes Gefühl im Magen. Und in den Beinen. Die Hände sind jetzt ganz kalt. Sie bestellt einen doppelten Brandy. Nie hätte sie geglaubt, dass ihr so etwas passieren könnte. Sie denkt über die vergangenen Monate nach. Über die abenteuerlichen Geschichten von Mark. Noch einmal schaut sie auf die Uhr. 21 Millionen Schilling! Aber was viel schlimmer ist – Helene weiß, dass ihr in diesem Moment eine der größten Enttäuschungen ihres Lebens bewusst geworden ist.

GENDARMERIE-KRIMINALABTEILUNG II, SALZBURG

Einen Tag vor dem Martinstag des Jahres 1978 sitzt Martin Huber in seinem Büro im ersten Stock des Salzburger Landesgendarmeriekommandos und telefoniert. In der rechten Hand hält er seine braune Bulldog-Pfeife von Kemperling, ein Geburtstagsgeschenk seiner Frau, frisch gestopft, wie immer mit dunklem Tabak aus Frankreich. Caporal. In der Linken den grauen Telefonhörer, ein Eigentum der Republik Österreich, wie immer mit einem völlig verdrehten Kabel mit dem Telefonapparat verbunden.

Um 16 Uhr 30 ahnt Hauptmann Huber nicht, dass sich in der nächsten Viertelstunde sein Leben verändern wird. Um 16 Uhr 32 verspricht er seiner Frau am Telefon, den Abend des Martinstages mit ihr wie immer im Gmachlhof beim Gansl-Essen zu verbringen und trägt ihr auf, vier Plätze für sie beide, ihren Sohn und ihren Nachbarn zu reservieren. Um 16 Uhr 36 tickert über den Fernschreiber die Meldung von Interpol über den begründeten Verdacht, dass sich der mit internationalem Haftbefehl gesuchte Martin Sutter, Österreicher, 34 Jahre, derzeit in der Region Provence-Alpes-Côte d'Azur, möglicherweise im Département Alpes-Maritimes aufhält. Die Assistentin bringt das Fernschreiben sofort zu Huber. Gegen 16 Uhr 45 weiß Hauptmann Huber, dass dies ab jetzt sein Fall ist. Er nimmt die Streichholzschachtel und zündet seine Kemperling-Pfeife an. Der Rauch steigt in die beiden Leuchten über dem Schreibtisch. Huber denkt über das unvermeidliche Gespräch mit seinem Oberst am nächsten Vormittag und das unvermeidliche Gespräch mit seiner Frau im Laufe des nächsten Nachmittags nach. Und über seine Französischlehrerin – Gabrielle Leclerc. Welch ein Name! Welch eine Frau! Ein Lyzeum in Salzburg, am Land. Mitte der Fünfziger Jahre, Klasse 8b. Martin Huber war klein, dick, hyperaktiv und sprachlich hochbegabt. Mademoiselle Leclerc war groß, schlank, elegant und sehr angetan von Hochbegabten. Gabrielle Leclerc hat nie einen Büstenhalter getragen. Martin hat das nie vergessen. Nie vergessen hat er auch jedes einzelne der sechs Semester Französisch, die er wegen dem nichtvorhandenen BH von Mademoiselle Leclerc inskribiert war. Und die lange Reise nach Frankreich – nach Abbruch des Studiums.

Huber stopft seine Bulldog mit dem Pfeifenstopfer nach und denkt über den Martinstag nach. Zinstag wird er auch genannt. Werden jetzt die Zinsen fällig, für die Frankreichreise damals? Wann ist Zahltag für Martin Sutter?

Vom Zahlen hat Hubers Vater nichts mehr wissen wollen, nachdem Martin sich fast ein Jahr in Südfrankreich herumgetrieben hat. Wie er dann heimgekommen ist, hat ihm sein Vater gesagt, dass er ihm jegliche finanzielle Unterstützung entzieht. „Einen verbummelten Studenten unterstütze ich nicht“, hat er gesagt und mit der Faust auf den Tisch geschlagen. „Such dir eine Stelle, aber sei nicht wählerisch. Arbeit schändet nicht.“

Für Schande hat der Vater dann selbst gesorgt, weil ihn ein Arbeitskollege bei einem Wochenendausflug mit der Tochter des Chefs gesehen hat. Zwischen den Büschen am Ufer eines Gebirgssees. Am Tag der Aufnahmeprüfung bei der Gendarmerie hat Martin erfahren, dass die junge, anspruchsvolle Freundin seines Vaters der Grund für die innerfamiliären Sparmaßnahmen war.

Muss mir das heute alles wieder einfallen, denkt sich Huber und bläst ein paar blaue Ringe in die weißen Leuchten über dem grauen Schreibtisch.

CAFÉ DES ANGES, NICE

Einen Tag vor dem Martinstag des Jahres 1978 sitzt Martin Sutter in einem Café an der Promenade des Anglais. Bei einem Pernod blättert er in seinem Notizbuch. Er fühlt sich gut. Und sicher. Sein Appartement in Monaco wird er erst betreten, wenn er sein Aussehen wieder einmal verändert und seine Papiere wieder einmal getauscht hat. Die Nacht hat er im Negresco verbracht, nachdem er am Abend zuvor noch kurz in Juan-les-Pins war, um den Schmuck zu holen. „Man sollte nichts liegen lassen, was einem zusteht", hat seine Großmutter in Zell am See, bei der er aufgewachsen ist, immer gesagt. Und er hat es sich verdient. Denkt er sich beim zweiten Pernod, wie er sich eine Gitane ohne Filter anzündet. Die Vierte heute. Er zählt seine Zigaretten immer mit. Helene hat ihm oft gesagt, dass ihn diese Filterlosen noch umbringen würden. Nicht umsonst hat er so lange Zeit wegen der verwöhnten Multimillionärin auf viel verzichtet und sich immer wieder ihre extremen Launen, ihre gestörte Tochter und ihren verrückten Bruder angetan.

Martin Sutter weiß nicht, dass sich seine Großmutter geirrt hat. Auf den Schmuck hätte er verzichten sollen. Juan-les-Pins gestern war ein Fehler. Er weiß auch nicht, dass Helene von Thun einen Nachbarn ihres exklusiven Feriendomizils zu ihren wenigen wirklich guten Freunden zählt. Dazu hat er sie nicht lange genug gekannt. Helene hat ihren Nachbarn in Juan-les-Pins, einen deutschen Schriftsteller, noch gestern angerufen und ihn gebeten, sich bei ihr zu melden, falls er Mark sehen sollte. Streng vertraulich. Gekannt haben sie sich ja, der Deutsche und der Österreicher. Sutter weiß nicht, dass der Schriftsteller am

Abend gerne vor seinem Haus sitzt, ohne Licht zu machen. Er sieht dabei zum Meer hinab und denkt nach. Manchmal raucht er dabei. Gestern hat er zuerst den Mond betrachtet, dann hat er seine Katze gesehen, wie sie mit aufgestelltem Schwanz über die Steinmauer neben dem Haus balanciert ist. Dann hat er Mark gesehen. Wie der mit einer Umhängetasche zu einem hellen Peugeot 305 gegangen und weggefahren ist – nur zwei Stunden nach dem Anruf von Helene von Thun. Dann ist er ins Haus gegangen und hat die Nummer von Helene gewählt. Frau von Thun hat nach einer Nachdenkpause die Polizei angerufen. Daheim in Wien. Am späten Abend. Eigentlich mitten in der Nacht. Die Sache ist natürlich erst am nächsten Tag in Bewegung geraten. Ungefähr zu der Zeit, während der Martin Sutter an der Promenade des Anglais seinen zweiten Pernod getrunken hat.

Bald war dann klar, dass Martin Sutter alias Mark Spann in Juan-les-Pins den Schmuck von Helene von Thun gestohlen hat. Als Draufgabe. Helene von Thun war nicht sein erstes, aber sein prominentestes Opfer.

Sutter nippt noch immer an seinem Pernod und denkt über sein dichtes Nachmittagsprogramm nach. Den Schmuck an den Hehler übergeben. Zur Bank gehen. Das Aussehen verändern. Das Appartement beziehen. Die Papiere. Nachdenken. Rechnen. Überlegen. Sich zur Ruhe setzen? Den ganz großen Coup planen? Kleinvieh macht auch Mist! Martin Sutter ist in Hochform. Aufhören, wenn man den meisten Erfolg hat? Es gibt so viele einsame, reiche Frauen, denkt er sich. Er fühlt sich einfach zu gut, um aufzuhören. Martin Sutter hat ein sehr gutes Auftreten, wie man so sagt. Er hat Charme und Ausstrahlung. Er kann sehr überzeugend sein. Er lügt, wie er es gerade braucht. Da ist er sehr erfinderisch. Die Menschen wollen belogen werden, ist seine Devise. Besonders die Frauen. Mitleid mit seinen Opfern hat er nie. Er bereut nichts. Martin Sutter sieht sehr gut aus. Das weiß er. „Du siehst aus wie Alain Delon“, hat einmal jemand gesagt. Nur hat er längeres, gewelltes, pechschwarzes Haar. Heute noch. Wenn er seine Wohnung betritt, wird er helleres, kurzes Haar tragen. Das Appartement in Monaco hat er natürlich auf seinen Firmennamen gemietet. Auch die Flugtickets von Nizza weg, gebucht auf den Namen seines Unternehmens, der NT-Consulting, Wien, Monaco. So heißt das zumindest derzeit. Er ist ja kein Trottel. Und das Konto bei der Bank in Monte Carlo – Firmenkonto, versteht sich. Firmenkreditkarte. Ein Vermögen bezahlt er dem Mann, der ihm die gefälschten Dokumente in Genua besorgt. Seine Initialen M.S. verwendet er praktisch nur den Damen gegenüber. Eine Art Rest von eigener Identität. Um sich nicht ganz zu verlieren, gänzlich aufzugeben, als Martin Sutter. Ja, da ist er ein bisschen sentimental, gibt er sich selbst zu und nimmt einen Schluck Pernod. Die fünfte Gitane. Und immer, wenn er die Dame verlässt, dann wechselt er wieder seine Identität. Das dauert meistens ein paar Tage. Aus organisatorischer Notwendigkeit, könnte man sagen. Oder weil er im Zusammenhang noch etwas Außertourliches zu erledigen hat. Wie letzthin in Juan-les-Pins. Da ist natürlich ein Restrisiko dabei. Aber erstens braucht er das, so ein bisschen diese langsame Wandlung. Und zweitens hat so ein kleines Risiko auch seinen Reiz. Sein Beruf ist ja im Allgemeinen ziemlich risikoarm. Da ist oft ein durchschnittlicher Beamter viel mehr Gefahren ausgesetzt. Die entsetzliche Langeweile, tagaus, tagein. Die fehlende Sinnhaftigkeit. Der cholerische Vorgesetzte. Die erbosten Parteien. Der marode Staatshaushalt. Die Misswirtschaft der übergeordneten Stellen. Die Einflussnahme der Politiker. Die Bestechungsgelder. Das tägliche Fest im Kollegenkreis, vormittags um halb zehn. Geburtstag, Vaterschaft, Pensionierung, Beförderung, Heirat, Scheidung, Erbschaft. Einer hat immer einen Grund zum Feiern. Der wöchentliche Stammtisch, mit zwei Promille am Steuer, nachher. Die Frau dann, daheim. Oder ist dieses Eingehen des Restrisikos schon die Todessehnsucht, im Kleinen? Das Bedürfnis nach Ruhe und Frieden? Er hat zuviel Pernod getrunken. Um diese Zeit! Nimmt jetzt den letzten Schluck. Während er den Pernod austrinkt, fällt ihm seine Schulzeit ein. Schon damals hat er ein Gespür dafür gehabt, was in einem Menschen vorgeht, wenn er sich mit jemandem unterhalten hat. Oft hat genügt, dass er einem Menschen in die Augen geschaut hat. Später, in seiner Zeit als Barkeeper, da hat er diese Fähigkeit nach und nach perfektioniert. Er stellt das leere Glas auf die heutige Ausgabe des Nice-Matin. Er kann nicht wissen, dass er sein Bild am nächsten Tag in dieser Zeitung sehen wird. Ein älteres Foto zwar, aber immerhin. Er wird dann froh sein, dass er schon jetzt beschlossen hat, sein Aussehen noch heute merklich zu verändern.

BÜRO HPTM. HUBER, KA II, LGKDO SALZBURG

Einen Tag vor Martini 1978 liest Martin Huber das Fernschreiben so gegen 17 Uhr noch einmal. Dann ruft er in das Vorzimmer hinaus: „Steffi, bring mir die Akte Martin Sutter."

Von draußen hört man eine Frauenstimme: „Bitte!"

„Bitte", sagt Huber und wählt die Klappe des jungen Leutnants. „Der Pinzgauer Heiratsschwindler hat wieder zugeschlagen", sagt der Hauptmann knapp. „Der Alte wird mir den Fall morgen umhängen. Die Spur führt nach Südfrankreich. Du musst heute die Nachtschicht alleine machen. Ich bin zwar noch hier, aber nicht mehr da. Steffi bringt gleich den Akt. Wenn ich mir die Sache angeschaut habe, fahre ich nach Hause. Morgen in aller Früh bin ich wieder da. Wird ein harter Tag."

Seine Sekretärin legt Martin Huber die Akte Sutter auf den Tisch. Eigentlich den Aktenberg Sutter. Protokolle, Niederschriften, Anzeigen. „Kaffee!", sagt Huber.

„Bitte!", sagt Steffi.

„Bitte", sagt Huber und blättert schon. Personalien. Aus dem Pinzgau stammt er, aber das weiß Huber schon. Aufgewachsen bei der Großmutter. Ein lediges Kind, von der Mutter abgeschoben, Vater unbekannt. 34 ist er im Juni geworden. Hotelfachschule, abgebrochen. Kellnerlehre. Bundesheer. Barkeeper. Hotels. Arlberg, Locarno, München, Hamburg, Paris, Monte Carlo. Und so fort.

Huber holt einen Flachmann aus seiner Schreibtischschublade und gießt etwas Schnaps in den Kaffee.

Älteres Foto von Sutter. Noch ein Foto. 184 Zentimeter, Augenfarbe blau. Ein fescher Kerl. Sieht ein bisschen aus wie Alain Delon, denkt sich Huber. Oder hat Delon braune Augen? Zuletzt in Zell am See gemeldet. Unbescholten. Unverheiratet. Unbekannten Aufenthalts seit drei Jahren. Römisch-katholisch. Angezeigt am 22. Juni 1976 von Gerda Nobis, 62, München. Witwe eines Zahnarztes. Schwerer Diebstahl, Urkundenfälschung, Unterschlagung. Zwei Sparbücher mit je über 170.000 DM, Losungswort korrekt, Konto mit gefälschter Bankvollmacht leer geräumt, Tresor mit einigem Schmuck und angeblich cirka 90.000 DM auch. Kann auch mehr gewesen sein. Zahnärzte sollen ja manchmal ein bisschen Schwarzgeld haben. Mercedes Coupé nie wieder aufgefunden. Schmuck natürlich auch nicht. Gesamtschaden vielleicht 500.000 DM oder mehr.

Aliasname Mathias Steindl. Abgleichung Täterbeschreibung mit Vermisstenmeldungen. Kleinarbeit. Gute Arbeit! Dringender Tatverdacht Martin Sutter nach Fotovorlage und Einvernahme Geschädigte. Haftbefehl Landgericht München. Aufenthaltsermittlung Landesgericht Salzburg. Haftbefehl Landesgericht Salzburg.

Anzeige vom 3. September 1977 von Catherine Bleckmann, 42, Linz, französischer Herkunft. Gattin eines um 30 Jahre älteren Fabrikanten. Zeitungsausschnitt mit Foto der Geschädigten: „Milliardärsgattin in der Liebesfalle!“ O lala! Da dürfte er sich verbessert haben. Was das Opfer betrifft. Ein steiler Zahn, denkt sich Huber. Und auch was die Schadensumme betrifft. Sie hat ihm angeblich sieben Millionen Schilling in bar übergeben. Nach Erpressung mit kompromittierenden Fotos. Sutter hat sich auch als Vermieter ihres Ferienbungalows in Saint-Jean-Cap-Ferrat ausgegeben und die Luxusbleibe für fünf Jahre an eine deutsche Schauspielerin vermietet. Die halbe Miete hat er im Voraus kassiert. Fast eine halbe Million Francs! Der Exklusivität der Lage entsprechend. Kein schlechter Coup. Kein Schmuck. Aber jede Menge kleiner Goldbarren und ein dickes Bündel Banknoten aus Bleckmanns Safe. Gesamtschaden mehr als 11 Millionen Schilling. Macht in Summe cirka 15 Millionen. Bisher.

Aliasname Manfred Silvio. Abgleichung Tat- und Täterbeschreibung mit Einschlägigenkartei. Und so weiter. Keine Kunst. Dringender Tatverdacht Martin Sutter nach Fotovorlage und Einvernahme Geschädigte. Haftbefehl Gericht Nizza. Diebstahl, Urkundenfälschung und Betrug. Internationaler Haftbefehl. Erpressung, immerhin.

Kurz darauf wäre er am Grenzübergang Suben bei der Einreise nach Österreich beinahe geschnappt worden. Ein Zöllner hat zu spät reagiert. Seither keine Spur mehr von ihm. Bis jetzt.

Martin Huber nimmt einen Schluck aus dem Flachmann und legt ihn zurück in die Schreibtischlade. Die Aliasnamen schreibt er in sein Notizbuch. Wie hat der die Frauen kennengelernt? Persönliches fehlt! Ein aktuelleres Foto wäre nicht schlecht. Muss einen guten Fälscher kennen, denkt er sich. Er wird auch wissen, wo er den Schmuck hinbringen muss. Und die Sache mit dem Bungalow in Saint-Jean-Cap-Ferrat. Diese Geldflüsse! Alles im Sand verlaufen. Konten in Cannes und Nizza immer schon leergeräumt, bis sie endlich auf richterlichen Befehl geöffnet worden sind. Mit den beiden Damen sollte ich reden. Linz liegt ja auf der Strecke, wenn ich zu Helene von Thun nach Wien fahre. Falls ich zu ihr vorgelassen werde. Ob die erreichbar sind? Wo halten sich die Multimillionärinnen im November auf?

Steffi hat inzwischen die brandaktuellen Unterlagen auf dem Schreibtisch des Majors gefunden. Anruf beim Journalbeamten Koat Wien XIX vom 9. 11. 1978 von Helene von Thun, 53, Wien, Private. Mitten in der Nacht. Strafanzeige vom 10. 11. 1978. Rührselige Story, Millionärin fällt darauf rein, übergibt sage und schreibe 21 Millionen Schilling. Freiwillig. In bar. Eigenhändig! Mindestens 21.000 Scheine, denkt sich Huber. Dass es nur möglich ist. Dass so etwas immer wieder vorkommt! Er verspricht, ihr alles zurückzuzahlen. Täter mit Aliasnamen Mark Spann taucht aber sofort unter und kurz darauf in Juan-les-Pins wieder auf. Abgleichung mit Kartei, Vorlage Fahndungsfoto und Einvernahme Geschädigte, Fernschreiben und Telefonate zwischen dem Kommissariat in Wien und dem zuständigen Kollegen in Salzburg. Heute! Der Idiot hat ihm nur gesagt, dass die Wiener Kollegen angerufen haben, dass der Pinzgauer wieder aktiv geworden ist. Dringender Tatverdacht Martin Sutter. Interpol. Kriminalpolizei Nizza. Und so weiter.

Gesamtschaden bisher um die 36 Millionen. Aktenkundig. Huber geht davon aus, dass es eine Dunkelziffer gibt. Nicht jede wird ihn angezeigt haben, denkt er sich. Also sagen wir schätzungsweise so 40 bis 50 Millionen insgesamt. Mindestens. Huber nimmt einen ordentlichen Schluck aus dem Flachmann. Leer! Jetzt muss er auf den Eierlikörvorrat von Steffi zurückgreifen. Huber hasst Eierlikör. Ob das mit Frankreich Zufall ist, denkt er sich. Dann liest er noch einmal die Telefonnotiz seines Kollegen. Der hat heute mit dem Polizeipsychologen telefoniert. Das hätte er dem Blindgänger gar nicht zugetraut. „Von der Natur vorgesehener Ausnahmezustand" hat der sich notiert. Und: „Arterhaltung". Also wissen die Millionärinnen im Liebesrausch nicht mehr, was sie tun, denkt der Polizeipsychologe, denkt sich Huber. Und verschenken dann zum Beispiel Millionen. Arterhaltung mit 50 oder 60? Na ja.

Die Eierlikörflasche in der Linken, notiert er auch den letzten Aliasnamen in seinem Buch. Wenn ich zur Thun fahre, kann ich ja bei der Linzer Französin vorbeischauen, überlegt er noch einmal. Die Münchnerin rufe ich an. Dann blättert er das Konvolut noch einmal durch. Von hinten nach vorne. Und dann wieder von vorne nach hinten.

Dann legt er Steffi den Akt auf den Tisch. Obendrauf einen gelben Zettel mit: *Dringend! Markiertes ins Franz. übersetzen lassen. Telekopie nach Nizza! Orig. auf meinen Tisch. Express!* So, denkt er sich. *Bitte,* schreibt er dann noch dazu. Und stellt die halbvolle Eierlikörflasche daneben.

Auf der Heimfahrt wird er auf der Bundesstraße von uniformierten Gendarmeriebeamten angehalten. Er sieht sofort das Alcotest-Gerät, das hinten aus dem Gendarmerie-VW-Bus herausschaut. Das ist ja jetzt ganz in Mode, denkt sich Huber.

„Guten Abend. Fahrzeugkontrolle – Ihre Papiere bitte", sagt der Ältere.

Huber hält ihm den Dienstausweis vor die Nase.

„Danke, Herr Hauptmann. Eine Führerscheinabnahme, zwei Strafmandate, eine Verwarnung, sonst keine besonderen Vorkommnisse!", wird der ältere Beamte ganz stramm. Der Jüngere salutiert.

„Ihr macht das hervorragend. Gute Nacht, Kollegen“, sagt Huber und fährt davon. Manchmal ist dieser Beruf auch von Vorteil, denkt er sich.

Seine Frau schläft schon. Auch im Schlaf sieht sie elegant aus, denkt sich Huber, wie er seinen Pyjama anzieht. Ja, eine große, schlanke Lehrerin hat er geheiratet, gleich nach der Aufnahme in die Gendarmerie. Keine Französin. Eine Flachgauerin. Aber sehr elegant. 1959 haben sie geheiratet und im selben Jahr wurde ihr Sohn geboren. Der geht jetzt auch schon auf die Lehrerbildungsanstalt. Das Bundesheer macht er später. Dann will er sicher an dieselbe Schule wie die Frau Mama. Weil der Direktor so nett ist dort. Ihr Nachbar. Er unterrichtet Turnen und Musik und sieht ein bisschen aus wie Paul Newman. Den himmeln ja beide an – Frau Fachoberlehrerin Huber und der noch in Ausbildung befindliche Huber junior. Den Kirchenchor leitet er selbstverständlich auch, der Herr Direktor. Klar, dass die Familie Huber dort mit dabei ist. Außer Martin natürlich. Wenn er das Getue mit ihrem Nachbarn sieht, denkt sich Huber manchmal, entweder betrügt ihn seine Frau oder sein Sohn ist schwul, oder beides. Ihm werfen die beiden ja immer vor, dass er keine Zeit für die Familie hat. Nie hatte. Im Bett denkt Huber über die bevorstehenden Gespräche mit seinem Vorgesetzten und seiner Ehefrau nach.

MARTINI IN SALZBURG

Am Vormittag des Martinstages 1978 macht Oberst Norbert Seiss seinen Untergebenen Martin Huber so richtig zur Sau. Vorbeugend. Und stellvertretend. Einmal kommt Huber dazu, zu erwähnen, dass er bisher nicht mit dem Fall betraut war.

„Es ist mir völlig egal, wer den Fall bearbeitet hat!“, haut der dicke Oberst mit der Faust auf den Tisch. „Lesen Sie keine Zeitung? Wie steht unsere Dienststelle vor der Öffentlichkeit da? Na?“

Huber sagt nichts und denkt sich, der meint, wie er vor der Obrigkeit dasteht. Und weil Huber nichts sagt, poltert der Oberst weiter: „Das sage ich Ihnen, Huber – wenn Sie diese Sache vergeigen, dann können Sie Ihre Anhaltekelle raussuchen. Dann stelle ich Sie an die nächste Kreuzung zum Verkehrregeln. Oder ich lasse Sie rund um die Uhr das türkische Konsulat bewachen.“

Huber denkt an das Gansl-Essen und lässt den Oberst Dampf ablassen. Den bisher mit dem Fall betrauten Beamten kann der nämlich nicht beschimpfen. Der ist immerhin der Neffe des stellvertretenden Landeshauptmannes. Und wenn sich der Oberst mit dem anlegt, dann kann er selbst seine Anhaltekelle raussuchen. Oder ein Botschaftsgebäude hochrangig umzingeln. Anruf im Innenministerium genügt. Unter Parteifreunden. Seit Jahren müsste ich eigentlich Major sein, denkt sich Huber. Der Neffe vom Landeshauptmannstellvertreter ist weniger lang dabei und hat eine Aufklärungsquote wie ein blinder Maulwurf. Seit bald zwei Jahren ist der Major. Und er ist damals leer ausgegangen. Keine Frage! Da hat der Fettsack von Oberst den Stabsoffiziersposten für den Maulwurf gebraucht, damit der Herr Onkel ein bisschen sieht, was er an Norbert Seiss hat. Weil bei der Bestellung des neuen Sicherheitsdirektors muss ja der Innenminister das Einvernehmen mit dem Landeshauptmann herstellen.

„Wien hat mich angerufen", sagt der Oberst dann ungewöhnlich leise und fast ein bisschen ehrfurchtsvoll. „Sie haben völlig freie Hand, Huber. Was immer Sie brauchen – Sie kriegen es. Fahren Sie nach Frankreich und bringen Sie mir diesen Sutter. Tot oder lebendig. Ich besorge Ihnen alles. Sofortige Kontaktaufnahme mit den Behörden in Frankreich durch unser Ministerium habe ich schon veranlasst, Genehmigung für das Tragen einer Waffe kommt noch heute, Abtretung der Strafverfolgung nach Österreich, vereinfachtes Auslieferungsverfahren im Falle der Ergreifung des Gesuchten – was ich Ihnen rate, Huber! Also mehr als das Übliche. Mache das für Sie. Alle Fälle hier geben Sie vorläufig ab. Ihre Assistentin steht nur Ihnen zur Verfügung – wann immer nötig. Halten Sie Kontakt mit ihr – sie soll mir laufend berichten. Wenn Sie etwas brauchen, sagen sie es ihr. Sie soll sofort zu mir kommen. Sofort! Aber glauben Sie ja nicht, Sie können da Ferien machen, an der Riviera. Sie haben mit allen Mitteln Tag und Nacht diesen Kerl zu suchen, verstanden? Und wenn Sie glauben, dass er nicht mehr in Frankreich ist, fahren Sie sofort dorthin, wo Sie ihn vermuten. Auf der Stelle!"

Huber denkt sich, der Dicke hat die Stelle des Sicherheitsdirektors, der nächstes Jahr in Pension geht, noch nicht in der Tasche. Deshalb soll er ihm jetzt den Sutter bringen. Der Oberst will auf die Titelseiten. Und von dort direkt in die Chefetage der Sicherheitsdirektion.

„Da haben wir Glück gehabt", meint der Oberst, „dass der Gauner nicht an die italienische Riviera geflüchtet ist, zum Beispiel. Weil Italienisch können Sie ja nicht, oder?“ Antwort wartet er keine ab, sondern blättert in seinen Papieren auf dem Schreibtisch. „Ist noch was?“, herrscht er Huber an. „Sie sollten schon im Flugzeug sitzen.“

Huber steht auf und geht ohne ein Wort.

Die nächsten Stunden verbringt er mit Telefonaten und dem Erteilen von Anweisungen an seine Assistentin. Sie bringt ihm die Abflugzeiten. Die Termine mit den beiden Geschädigten in Linz und Wien hat er selber vereinbart und seiner Sekretärin gegeben. Da hat er sich die Hände gerieben, nachdem er den Hörer aufgelegt hat. Dass es gleich auf Anhieb klappt, das ist schon ein Riesenglück, denkt er sich. „Buch mir einen Nichtraucherplatz, Abflug 17 Uhr 20. Dann ein Auto. Und ein Hotelzimmer brauche ich in Nizza, direkt neben der Polizeidirektion“, hat Huber dann zu seiner Sekretärin gesagt. „Natürlich mit Telefon mit dauernder Auslandwahlmöglichkeit auf dem Zimmer. Und mit einem ständig reservierten Parkplatz.“

„Bitte“, hat die Steffi gesagt und das alles hingekriegt. Zwischendurch macht er sich Notizen. Für den nächsten Tag hat er einen Termin bei der vielleicht reichsten Frau Österreichs in Wien und ein paar Stunden vorher eine Verabredung mit dem wahrscheinlich schönsten Opfer von Martin Sutter in Linz. Eine Fahrt nach München ist nicht notwendig. Die Dame war am Telefon zwar nicht sehr gesprächig, er erwartet sich von einem persönlichen Gespräch aber auch keine neuen Erkenntnisse.

Am Abend geht Familie Huber mit dem benachbarten Schuldirektor zum Gansl-Essen zum Gmachlwirt. Wie immer, seit vor vier Jahren die Frau des Direktors an Krebs gestorben ist. Mit Ende dreißig. Huber mag die

Wirtsstube. Die dicken Tischplatten aus Bergahorn, den großen Ofen mit den grünen Kacheln, die fesche, vollbusige Kellnerin im Dirndlkleid. Die Vorträge seines Nachbarn mag er weniger. Eigentlich könnte er darauf überhaupt verzichten, denkt er sich und schneidet in seine Martinsgans. Die bedeutenden Vorhaben des örtlichen Kirchenchors verlieren in seinen Augen an Gewicht, wenn du als kleiner Beamter der österreichischen Gendarmerie in den nächsten Wochen oder Monaten den meistgesuchten Betrüger des Landes dingfest machen sollst. In Südfrankreich. Le Midi! Seit mehr als 20 Jahren fasziniert ihn diese Gegend immer wieder. Huber sieht sich schon an der Côte d'Azur, wo er demnächst mit einem Kommissar der französischen Kriminalpolizei auf Jagd gehen wird. Auf die Jagd nach Martin Sutter. Aber das interessiert den Herrn Direktor und seine ihm gebannt lauschenden Anhänger nicht. Sie unterhalten sich gar nicht mehr mit Martin Huber. Nur einmal kritisiert seine Frau, dass er sich so gar nicht für ihre Ideen begeistert, die ihre Gemeinde, die hiesige Kirche und die Schule von Paul Newman mit Sicherheit zu beispielhaften Einrichtungen werden lassen. Huber bestellt einen doppelten Vogelbeerschnaps und stopft seine Pfeife.

„Und jetzt fährst du auch noch nach Frankreich, kurz vor dem Advent", sagt seine Frau. „Du bist entweder im Nachtdienst, auf Schulung, im Wochenenddienst, auf Dienstreise, auf dem Schießplatz oder beim Kartenspielen."

Moni bringt den Schnaps. Huber trinkt ihn in einem Zug und zündet die Pfeife an. Und sagt nichts.

„Und kannst du nicht endlich einen Tabak verwenden, der nicht so grauslich stinkt – oder überhaupt aufhören damit?", fragt sie ihn.

„Dabei sind gemeinsame Unternehmungen mit der Familie so wichtig – nicht nur in der Adventzeit“, sagt Newman. „Und dass man sich in der Heimatgemeinde einbringt. Wir vom Kirchenchor zum Beispiel …“

Huber unterbricht ihn: „Moni, noch einen Doppelten.“

„Du trinkst zuviel“, meint seine Frau. „Und beim Essen solltest du auch mehr aufpassen. Denk an dein Übergewicht.“

„Sport ist das Heilmittel!“, nimmt der Schulleiter seine Belehrung wieder auf. „Da verstehe ich dich nicht, Martin, dass du außer ein bisschen Ski fahren keine Bewegung machst. Der Schießsport ist ja auch kein Sport in dem Sinne. Und das Tarockspiel wohl auch nicht,“ lacht er und haut sich mit der Rechten auf den Oberschenkel. Hat der Herr Direktor eine Pointe gebracht. „Und die Musik natürlich! Da hört sich das automatisch auf mit dem Qualmen und dem Schnaps und diesem stundenlangen Kartenspielen im verrauchten Wirtshaus, wenn du im Chor singst.“

Martin Huber bläst blaue Rauchringe in die Luft.

Der Hauptschuldirektor, die Fachoberlehrerin und der angehende Junglehrer unterhalten sich dann noch lange über die für Außenstehende unvorstellbare Überlastung des Lehrkörpers.

„Das Martini-Gansl-Essen mit euch ist alljährlich einer der Farbtupfer in meinem sonst eher grauen Alltag“, meint Huber dann irgendwann mit der Pfeife in der Rechten und einem doppelten Vogelbeerschnaps in der Linken.

Schönen Blick auf Linz haben die da auf dem Froschberg heroben. Hübsche Villa, sehr hübsche Frau, denkt sich Huber. Sie hat ihm selbst aufgemacht und ihn gleich in ein Zimmer voll mit Bücherregalen und einem offenen Kamin gebeten. „Dort sind wir ungestört“, hat sie gesagt. In einer gemütlichen Sitzgarnitur nehmen sie Platz. Sie erzählt und erzählt. Erstaunlich, denkt sich Huber.

„Wären Sie auch zur Polizei gegangen, wenn das mit dem Bungalow am Cap Ferrat nicht passiert wäre?“, fragt er. „Ihre Anzeige wurde erst aufgenommen, nachdem Sutters Schwindel am Cap aufgeflogen ist.“

„Nur, wenn mein Mann das gewollt hätte“, antwortet sie. „Jedenfalls wollte ich reinen Tisch machen. Ich hätte auch nicht mehr zahlen können. Ich habe meinem Mann alles erzählt. Er ist nicht nur ein brillanter Kopf – er hat auch ein großes Herz. ‚Da hast du dich also noch einmal auf etwas eingelassen – bevor du zu alt bist’, hat er gesagt. Da habe ich nicht gewusst, was jetzt kommen wird. ‚Ich kann dich verstehen‘, hat er dann gesagt. Und Sie sehen – ich bin hier. Er hat mir verziehen.“ Ihr französischer Akzent ist hinreißend. Sie strahlt Huber an. Dann wird sie wieder ernst. „Natürlich war ich von Manfred – wie er sich genannt hat – furchtbar enttäuscht, als ich seine wahren Absichten erkannt habe. Und dann das eigene Gewissen – da ist es mir lange Zeit sehr schlecht gegangen. So etwas wird mir jedenfalls nie wieder passieren.“

„Erlauben Sie mir noch eine ganz persönliche Frage?“, sagt Huber nach einer kurzen Nachdenkpause.

„Nur zu“, lächelt sie.

„Was findet eine Frau wie Sie an so einem Gigolo, dass sie ihre Ehe, ihre Existenz aufs Spiel setzt?“

„Er hat mich geliebt, hat er gesagt. Mein Mann liebt Macht und Geld. Er arbeitet sechs Tage die Woche und ist in der ganzen Welt unterwegs. Mich mag er, weil ich um 30 Jahre jünger bin, mich benehmen kann und herzeigbar bin. Und mich um ihn kümmere. Jüngere machen mir manchmal den Hof, weil ich zur Gesellschaft gehöre, Geld habe und nicht so schlecht aussehe. Ihm habe ich geglaubt, dass es nur um mich geht. Und er hat mich so – verstanden. Wenn wir am Cap Ferrat zuviel Wein getrunken haben, dann haben wir uns aber auch heftig gestritten. Er hat dann von mir verlangt, dass ich meinen Mann verlasse. Und im Zuge der Trennung an mich bringe, was nur irgendwie möglich ist. Er wollte mir dabei helfen. Das ist natürlich für mich nicht in Frage gekommen. Als er mir eines Tages drei Fotos hingelegt und mich gefragt hat, was wohl mein Mann dazu sagen würde, war es dann vorbei. Das war schrecklich. Alles eine große Lüge. Ich bin einem eiskalten Erpresser auf den Leim gegangen. Übrigens weiß ich bis heute nicht, wer die Fotos gemacht hat."

Wien ist anders. Schon der Palast könnte einem Respekt einflößen. Viel ist nicht aus ihr herauszuholen, denkt sich Huber im Gespräch mit Helene von Thun. Spröde, ist dem Huber dazu nur eingefallen. Wie sie so dasitzt – sehr elegant, sehr gefasst, sehr distanziert. Ernst. Unnahbar.

„Sie sind sein drittes bekannt gewordenes Opfer", sagt Huber dann irgendwann. „Haben Sie voriges Jahr diese Erpressungsgeschichte nicht in den Medien verfolgt? Martin Sutter und eine französischstämmige Linzer Fabrikantengattin."

„Nein", schüttelt sie den Kopf, „für Sensationsmeldungen interessiere ich mich nicht."

„Erlauben Sie mir eine letzte, sehr persönliche Frage, Frau von Thun?“

Sie nickt andeutungsweise.

„Was findet eine Frau wie Sie an so einem Gigolo, dass sie ihm Millionen schenkt und weshalb haben Sie sich dann der öffentlichen Blamage ausgesetzt, indem Sie ihn angezeigt haben?“

„Das waren zwei Fragen“, erwidert sie trocken. „Zum einen geht es hier tatsächlich um sehr persönliche Dinge. Ich habe mich einsam gefühlt, die Vergänglichkeit machte mir zu schaffen. Ich wollte glauben, was ich hörte, als er mir jeden Tag das Blaue vom Himmel erzählte. Ich fühlte mich verstanden – geborgen direkt. Es ging ihm um mich als Person, hatte ich den Eindruck. Danach habe ich mich wohl mein Leben lang gesehnt. Alles andere habe ich ja von Kindheit an im Überfluss gehabt. Auch wollte ich einmal etwas wirklich Sinnvolles tun. Mich engagieren. Nicht nur stiften und spenden. Es hört sich so banal an – eine gute Tat. Eine Dummheit sondergleichen, zugegeben. Angezeigt habe ich ihn, weil er die Frechheit besessen hat, dann auch noch in mein Haus in Juan einzudringen. Also nachdem ich Gewissheit darüber hatte, dass die Beziehung einen ausschließlich kriminellen Hintergrund hatte. Und um andere Frauen vor seinen verbrecherischen Machenschaften zu bewahren. Und sie vor dem Raub ihrer Illusionen zu bewahren. Gerechtigkeit? Rache? Nein, eigentlich war es die maßlose Enttäuschung über diese Demütigung, die mich letztendlich zu diesem Entschluss getrieben hat. Nachdem ich mich einmal in meinem Leben jemanden gegenüber so geöffnet habe. Aus heutiger Sicht und in Hinblick auf diesen unerträglichen Medienrummel war auch diese Anzeige eine Dummheit.“

Jetzt habe ich doch noch einiges erfahren, denkt sich Huber dann im Auto.

Endlich Wien-Schwechat. Die Stufen hinauf in die Maschine. Jetzt wäre er bald zu spät gekommen. Weil er hat ja noch den Schlüssel vom Dienstwagen zur Flughafenpolizei bringen müssen, damit ihn die Kollegen abholen können. Und etwas für den Flachmann kaufen, im Duty-free-Shop.

NICE–CÔTE D'AZUR

Nach der Landung holt Huber im Flughafengebäude am Schalter der Autovermietung gleich die Papiere und den Schlüssel für den gelben Renault 5. Steffi hat alles vorbereiten lassen. Gut fühlt er sich auf der Fahrt in die Stadt. Nice! Das Hotel findet er auf Anhieb. Die halbe Polizeidirektion sieht er von seinem Hotelzimmerfenster aus. Etwas schräg gegenüber. Gleich nach dem Frühstück am nächsten Morgen geht er hinüber und denkt sich, dass sich das Frühstück nicht geändert hat, seit er das erste Mal da war. Immer diese dünne Milchkaffeebrühe und dieses blättrige Gebäck, das einem in der Hand zerbröselt.

Jetzt schauen wir, denkt sich Huber, wie er die Tafel liest: *POLICE JUDICIAIRE.* Zimmer 203 soll es sein, haben die am Telefon gesagt, fällt ihm ein. Zu Fuß geht er in den zweiten Stock und liest die Türschilder der Abteilung Eigentumsdelikte. Hier, *203, Insp. É. Mounier.* Er klopft an und öffnet die Tür. Als er die Person hinter dem Schreibtisch sieht, schaut er sich sofort um, ob das nicht vielleicht doch nur ein Vorzimmer ist. Nein! Sie steht schon auf und kommt auf ihn zu. Eine kleine Frau mit ganz kurzen, dunklen Haaren. Eher jung, eher kräftig. „Inspectrice Édith Mounier", streckt sie ihm die Hand entgegen.

Mit mir nicht, denkt sich Huber. Sicher nicht! Die können mir nicht eine kleine Anfängerin zur Seite stellen. In so einer Sache! Sprachlos wie er ist, hält er ihr den Ausweis vor die Nase.

„Capitaine Martin Übär", liest sie.

Das berührt ihn jetzt irgendwie. Na ja, möglicherweise kann sich eine Frau besser hineinfühlen, in so eine Sache, denkt sich Huber. Vielleicht ist sie mir hilfreicher, als irgendein saturierter Kommissar, der einen Gendarmen eines Kleinstaates, der plötzlich hier in der Grande Nation aufkreuzt, nur als lästigen Arbeitserreger betrachtet. Er gibt ihr die Hand und begrüßt sie. Er duzt sie nicht. Die erste ihm rangmäßig untergeordnete Person seit 20 Jahren, die er nicht duzt. Er weiß selber nicht, warum. Er duzt sonst jeden Rangniedrigeren und jeden Verdächtigen. Jeden Verurteilten sowieso. Ausnahmslos.

„Ich habe Sie erwartet", sagt sie. „Nehmen Sie doch Platz, bitte. Kaffee kommt sofort."

Huber setzt sich: „Und – was haben Sie?"

Mounier meint: „Na also, es geht ja. Vorhin habe ich mir gedacht, Sie drehen um und fliegen mit der nächsten Maschine nach Hause. Danke für die Unterlagen. Beim Lesen der Passagen aus der Akte, die Sie mir geschickt haben, habe ich mich gefragt, ob Sutter inzwischen auf seine Initialen M.S. verzichtet hat."

„Hoffentlich nicht", sagt Huber.

Sie fährt fort: „Alle Streifen haben ein Foto und sind instruiert. Polizei und Gendarmerie. Grenzposten sowieso."

Huber legt ihr ein Bild hin: „Hier ein neueres Foto. Hat mir die attraktive Französin rechts neben ihm geschenkt. Opfer Nummer zwei. Aktuelleres Bild gibt es leider keines, weil Opfer Nummer drei hat gesagt, sie lasse nie irgendwelche Fotos machen."

„Sieht etwas aus wie Alain Delon", meint Mounier. „Wir haben nicht viel. In Juan-les-Pins war er mit einem Mietwagen von Hertz. Gemietet auf den Namen Mark Spann und pünktlich zurückgestellt. Als Adresse hat er das Negresco angegeben. Dort wohnte er aber leider nicht mehr, als wir hingekommen sind. Das Zimmer war bezahlt. Auch in keinem anderen Hotel in Nizza ist er gemeldet. Unter dem Namen Mark Spann zumindest. Kein Flugticket unter diesem Namen, von Nizza weg, kein gebuchter Schlafwagen, keine SNCF-Platzreservierung, kein anderes Mietauto, kein Boot, nichts."

Huber erzählt ihr: „Das erste Opfer hat er in einem noblen Kurhotel in der Nähe von Grasse kennengelernt. Beute des Gigolo: Einsame, wohlhabende, ältere Dame, deren Lebensherbst langweilig ist. Sein Jagdrevier: Exklusives Kurhaus. Die schöne Französin hat er beim Tennisspielen kennengelernt, in der Nähe ihres Ferienbungalows am Cap Ferrat, den er dann vermietet hat. Inklusive Pool, an dem die eindeutigen Fotos geschossen worden sind, die ihm sieben Millionen gebracht haben. Neben dem Vergnügen. Und die Superreiche ganz unspektakulär beim Spazierengehen am Cap d'Antibes, ebenfalls nicht sehr weit von ihrer Ferienvilla. Treffen sich zufällig zwei Österreicher auf dieser exklusiven Halbinsel! Er hat sie dann gefragt, ob er bei ihr telefonieren darf und dabei ihr Traumhaus bewundert. Daraufhin hat sie ihn gleich zu einer Gartenparty eingeladen – ganz entgegen ihrer sonstigen Gewohnheiten, wie sie betont hat. Für dieses Anwesen hat er sich übrigens auch später immer wieder interessiert und wollte sogar einmal alleine herfahren, sagt die Besitzerin. Aber seine adelige Geliebte ist dann doch lieber mitgekommen. Und so ist es nichts geworden mit der geplanten Vermietung, wahrscheinlich. Beute des Gigolo bei beiden Abschüssen: Einsame, attraktive Reiche in Urlaubsstimmung, die auf der Suche nach der wahren Liebe ist. Die ruhig ein bisschen jünger sein darf. Jagdrevier: Die Feriendomizile der Millionärinnen, die Bastionen von Reichtum und Exklusivität. Von der Côte d'Azur war er immer fasziniert, haben beide Letztgenannten erzählt. Gut möglich deshalb, dass er noch da ist. Und er sein Revier nicht gewechselt hat. Er raucht übrigens Gitanes. Ohne Filter. Und die zählt er jeden Tag mit, hat mir sein letztes Opfer erzählt."

„Na, dann werden wir ihn ja bald haben", meint die kleine Inspektorin.

„Sie haben ja einen brauchbaren Humor", stellt Huber fest.

Eine uniformierte Beamtin bringt zwei Kaffee.

„Wir starten mit dem vollen Programm", fährt er fort. „Neuestes Foto an die Streifen und Grenzübergänge, Foto in die Zeitungen, Zeichnungen anfertigen, mit und ohne Bart, mit Glatze, alles, Kontaktaufnahme mit den Kollegen in Toulon, mit der Gendarmerie, mit Monaco, alle Banken an der ganzen Küste befragen, alle Autovermieter, alle Hotels, die ganzen Kurhäuser, sämtliche Vermieter, insbesondere von Ferienwohnungen und Ferienhäusern, alle Grundbuchauszüge. Listen der Mitglieder in Golfclubs und Kundenlisten der Tennisplätze. Die Bahn, die Häfen. Und den Flughafen nicht vergessen. Stammgäste in Spielcasinos. Wo immer die Initialen M.S. im Spiel sind, männlich, bevorzugt deutschsprachig, nehmen wir die Sache genauer unter die Lupe. Dann alle amtsbekannten Hehler. Alle Fälscher. Nur Dokumente, kein Geld. Umhören in einschlägigen Kreisen. Kleinganoven unter Druck setzen. Zum Reden bringen. Wie lange brauche Sie?"

„Ein paar Jahre, würde ich sagen, wenn der Präfekt mitspielt und mir der Polizeidirektor ein Dutzend Leute abstellt. Rund um die Uhr selbstverständlich."

„Sagen Sie mal", fragt Huber, „wie macht ihr eure Arbeit hier eigentlich? Sind wir da beim Finanzamt oder bei der Kriminalpolizei?"

Sie wirft den kleinen Löffel, mit dem sie gerade in ihrer Kaffeetasse umgerührt hat, auf die Untertasse, tippt sich auf die Stirn und sagt energisch: „So kommen wir nicht weiter, Capitaine. Wir sind hier in Frankreich, nicht in einem Polizeistaat. Und hören Sie – ich bin ganz alleine."

„So geht das nicht", schüttelt Huber den Kopf. „Dann machen Sie mir einen Termin mit dem Präfekten, dem Polizeidirektor und den leitenden Kriminalbeamten. Rasch! Sagen Sie denen, die Reputation der weltbekannten Ferienregion Côte d'Azur ist in Gefahr, oder irgend so etwas. Die Ehre Frankreichs steht auf dem Spiel, meinetwegen."

„Soll ich nicht Giscard d'Estaing auch vorladen?", fragt sie. „Die haben mich doch glatt für einen verrückten Österreicher abgestellt. Ich fasse es nicht!" Sie nimmt ihren Kaffeelöffel wieder in die Hand und rührt weiter um. Und schüttelt den Kopf.

Huber grinst: „Und jetzt schauen wir uns ein paar Immobilien in interessanter Lage an, soviel Zeit haben wir vor dem Mittagessen. Sie fahren."

„Sur commande, Monsieur le Capitaine!", meint sie resignierend.

Aber wie die dann fährt, das ist dem Huber nicht mehr egal. Mit dem blauen Renault 16 TS von der Police judiciaire.

„Fahren Sie bitte etwas beherrschter", sagt Huber ungewohnt höflich.

„Quoi?", fragt sie.

„Ich will meine Pension erleben", antwortet er und fragt: „Woher kannten Sie meinen Dienstgrad, bei der Begrüßung? In meinem Ausweis steht ja nur die Abkürzung – auf Deutsch."

„Man hat Sie hinlänglich angekündigt. Es kommt ja nicht alle Tage ein ausländischer Beamter zu uns, um sich durch die Gegend chauffieren zu lassen."

Sie sind natürlich viel schneller da, als Huber erwartet hat.

„Dem Chef muss ich Sie heute auch noch vorstellen", sagt sie beim Aussteigen. „Er kommt nach dem Mittagessen ins Büro."

„Oui", nickt Huber einmal mit dem Kopf.

Der Bungalow des oberösterreichischen Großindustriellen in St.-Jean-Cap-Ferrat ist von außen unauffällig. Aber die Lage! Das Grundstück ist stark bewachsen, sodass man von der Zufahrt aus nicht viel vom Gebäude sieht. Auch vom Pool nicht.

„In dieser Gegend sollen schon Grundstückspreise erzielt worden sein, die zu den höchsten der Welt gehören", sagt Mounier, während sie am Tor läutet. Niemand macht auf. Es ist kein Mensch zu sehen.

„Wohnt hier am Cap Ferrat nicht Curd Jürgens?", fragt Huber.

„Ja, und die Rothschilds, zum Beispiel", antwortet Mounier.

Die wesentlich pompösere Villa von Helene von Thun liegt in Antibes Juan-les-Pins, etwa 150 Meter vom Strand entfernt. Eine absolute Luxusanlage, mit herrlichem Blick auf das Ligurische Meer. Viele Pinien. Es ist auch hier kein Mensch da.

„Da möchte ich einmal her, zum Jazzfestival", sagt Huber und schaut auf das Meer hinaus.

Dann gehen sie ein Stück, bis sie den Garoupe Leuchtturm sehen.

Bevor Huber wieder in das Auto steigt, zieht er die Lederjacke aus. „Da wird mir schon warm werden, so wie Sie fahren", sagt er. Und dann: „Ich Trottel! Den Nachbarn wollte ich ja etwas fragen. Den deutschen Schriftsteller. Aber da schaue ich in den nächsten Tagen einmal vorbei."

Sie macht einen Blick zu ihm und sieht das Schulterholster unter seiner rechten Achsel: „Sie sind Linkshänder. Ein ausländischer Gendarm, der mit einer Dienstwaffe die Riviera entlangfährt, hat entweder geschmuggelt oder sehr gute Beziehungen."

„Ich bin ein umerzogener Linkshänder. Ich schreibe mit der Rechten, aber ich schieße mit der Linken. Und mein Oberst macht sich Sorgen um mich, wenn ich am Ort des Verbrechens unbewaffnet bin", erklärt ihr Huber.

Mittagessen geht er dann alleine, weil sie gesagt hat, dass sie mittags kaum etwas isst. Und dass sie wegen der gewünschten Termine nachfragen wird. „Obwohl es aussichtslos scheint", hat sie ihm nachgerufen. Und: „Vielleicht komme ich auf einen Espresso nach."

Huber lässt sich Zeit, bestellt nach Salat mit Brot, Kotelett mit Kartoffelpüree, einem Glas Weißwein und einem Krug Wasser noch einen Espresso und stopft seine Pfeife. Dann kommt sie. Mit schnellem Schritt und einem siegessicheren Gesichtsausdruck.

„Der Termin ist übermorgen um zehn Uhr – in der Präfektur", strahlt sie ihn an.

„Wie haben Sie das geschafft?", ist Huber perplex.

„Ich habe ihnen einfach gesagt, die Ehre Frankreichs steht auf dem Spiel."

Sie hat wirklich einen brauchbaren Humor, denkt sich Huber.

Den restlichen Nachmittag verbringen sie im Büro und arbeiten ihre Strategie aus. Beim Chef sind sie nur kurz. Die üblichen leeren Worte. Am Abend zeigt sie ihm ihr Lieblingslokal. Einfach, verhältnismäßig preiswert, sehr gute Küche, noch bessere Weine. Ein kleines Restaurant, versteckt in einer engen Seitengasse. Beim Essen fragt Huber mit dem Glas in der Hand: „Was sagt Ihr Mann dazu, wenn Sie abends nicht nach Hause kommen?“

„Es gibt keinen“, antwortet Mounier.

„Oder Ihr Freund“, lässt Huber nicht locker.

„Also das übliche Verhör“, sagt sie. „Ich bin ledig, zurzeit in keiner Beziehung lebend, römisch katholisch, aber nicht ausübend ...“

„Schon gut, Mademoiselle Mounier“, meint Huber, „ich wollte Sie nicht ausquetschen.“

„Doch“, sagt sie. „Ganz sicher. Und sagen Sie bitte nicht Mademoiselle zu mir. Ich bin keine Prinzessin. Ich bin eine Bauerntochter aus einem Bergdorf in der Nähe von Grenoble und eine kleine Beamtin der Kriminalpolizei von Nizza. Sagen Sie Mounier zu mir oder Édith oder Inspectrice.“

PRÄFEKTUR NIZZA

Dritter Stock, kleiner Besprechungssaal, kurz nach zehn. Auf der einen Seite sitzen der Vizepräfekt und der stellvertretende Polizeidirektor. Auf der anderen Seite der leitende Kommissar der Kriminalpolizei und ein Lieutenant-colonel der Gendarmerie. Immerhin. Huber und Mounier vorne.

„Messieurs“, beginnt Martin Huber, heute im olivfarbenen Schnürlsamtanzug mit Krawatte, „ich danke Ihnen, dass Sie sich so rasch Zeit genommen haben. Sie, die führenden Repräsentanten der hiesigen Sicherheitskräfte. Die Situation ist ernst. Die Reputation Ihrer unvergleichlichen Region ist in Gefahr. Der gute Ruf als sicherer Hafen für die Reichen und Mächtigen. Wenn wir Verbrechern wie diesem Martin Sutter keinen Einhalt gebieten können, wird die zahlungskräftige Klientel, die diese Küste mit zu dem gemacht hat, was sie heute ist, sukzessive abwandern. Millionäre wollen keine unsicheren Verhältnisse. Die Immobilienpreise werden fallen. Sie können das Cap Ferrat für den Wohnwagentourismus freigeben, wenn wir jetzt nicht adäquat handeln. Sutter tanzt uns auf der Nase herum. Ihnen, die Sie hier für die Sicherheit zuständig sind und uns in seinem Herkunftsland“, trägt Huber ganz schön dick auf. „Seit Jahren, muss man mittlerweile leider feststellen. Ich schäme mich dafür, dass er ein Landsmann ist. Die Taten von Sutter sind inzwischen ein Lieblingsthema der internationalen Medien. Die Presse stürzt sich auf die Geschichte, Fernsehsender berichten, angesehene Magazine bringen seitenweise Reportagen mit Bildern von der Côte d’Azur. Hier eine Express-Schlagzeile: Die Riviera – der schöne Schauplatz des hässlichen Verbrechens!“ Das wissen die ja sicher nicht, denkt sich Huber, dass es dabei um irgendwelche Morde an der italienischen Riviera gegangen ist und lässt die Magazinseite gleich wieder in der Sakkotasche verschwinden. „Meine Herren“, fährt er fort, „können Sie sich das Medienecho vorstellen, wenn wir diesen Verbrecher fangen? Wenn Sie dann eine Pressekonferenz geben und unter Blitzlichtgewitter die Verhaftung Martin Sutters verkünden.“

Jetzt tuschelt der Polizeipräsidentstellvertreter mit dem Vizepräfekten. Blitzlichtgewitter ist ja das Köderwort schlechthin, für die Stellvertreter hoher Herren. Nach so einem reinigenden Blitzlichtgewitter, denken sie, sind sie dann vielleicht nicht mehr nur Stellvertreter.

Geschlagene 20 Minuten redet Huber auf die honorigen Südfranzosen ein. Nach einer halben Stunde hat Inspectrice Édith Mounier sechs Beamte, die ab sofort für den Fall Sutter abgestellt sind. Und die Zusage des Vizepräfekten, dass er mit den Bankmanagern sprechen wird. Weil das ist ja nicht so einfach mit dem Bankgeheimnis. Und die Beteuerung des Vizepolizeidirektors, dass sie selbstverständlich jede Unterstützung bekommt und absolut freie Hand hat, bis Sutter gefasst ist.

Mounier erwartet Huber, der noch am Small Talk teilnehmen muss, am Hinterausgang. „Respect, mon Capitaine“, sagt sie. „Gestern noch hat mir der stellvertretende Commissaire beim Kopierer auf den Hintern geklopft, heute leite ich eine Sonderkommission.“

Mouniers Leute, zwei Kolleginnen und vier junge Männer, waren jetzt zehn Tage lang praktisch rund um die Uhr im Einsatz. Aber es ist nicht wirklich etwas dabei herausgekommen, denkt sich Huber, während er aus dem Fenster des Zimmers 203 der Police judiciaire auf den Hof hinunterschaut, wo die Dienstwägen parken. Ja, einmal hat einer abends angerufen und gemeint, das Foto von Sutter im Var-Matin zeige mit Sicherheit seinen neuen Nachbarn. Und der sei momentan zu Hause. Daraufhin sind zwei Beamte von Mouniers Truppe mit zwei Streifenwagen hingefahren und haben einen jungen Franzosen aus dem Bett seiner Freundin gezerrt und mitgenommen. Sie haben ihn auf der Dienststelle mit Handschellen an einen Heizkörper gefesselt. Wie Mounier in die Polizeidirektion gekommen ist, hat er zwar schon aus der Nase geblutet, aber immer noch nicht zugegeben, dass er Martin Sutter ist. Mounier hat kurz mit ihm geredet, dann hat sie alle nach Hause geschickt – den jungen Franzosen und die beiden Beamten.

Eigentlich war es fast wie ein ruhiger Urlaub für Martin Huber. Die Küste im Spätherbst. Von Sutter keine Spur. Die Knochenarbeit hat sowieso die junge Truppe von Mounier machen müssen, die Ergebnisse hat er jeden Tag gemeinsam mit der Inspektorin in ihrem Büro durchbesprochen. Sonst war er oft mit dem Auto unterwegs, rüber nach Antibes, hinauf nach Grasse und zurück ans Meer. Oder die Moyenne Corniche entlang. Und die Corniche Inférieure natürlich. Zweimal ist er über St-Raphael und Ste-Maxime bis St-Tropez gefahren. Einmal sogar hinunter bis Hyères. Vor allem aber die D2564 ist er schon immer gerne gefahren, die Grande Corniche, 400 oder 500 Meter über dem

Meer, die schon Cary Grant und Grace Kelly in „Über den Dächern von Nizza“ abgefahren sind. Da fahre ich dienstlich die berühmteste Panoramastraße der Welt entlang. Die Jahreszeit ist vielleicht nicht ideal, aber da gibt es sicher schlechtere Jobs, hat er sich gedacht. Einmal ist ihm eine Gruppe Motorradfahrer entgegen gekommen. Die sehen nichts von der Landschaft, hat er sich gesagt. Wie denn auch, mit geschätzten 140. Die sind aber auch nicht wegen dem angeblich unvergleichlichen Licht in dieser Gegend da, mit ihren Organspendermaschinen, denkt sich Huber. Seit Professor Barnard ständig im Fernsehen ist, kommt die Transplantationschirurgie langsam so richtig in Mode. Da könnten sogar Motorradfahrer noch zu nützlichen Mitgliedern der Gesellschaft werden.

Immer wieder hat Huber sich gefragt, was er tun würde, wenn er Martin Sutter wäre. Beim Mittagessen zum Beispiel. Bei einer Bouillabaisse, der Fischsuppe mit Drachenkopf, Knurrhahn und Seeaal. Oder bei Pissaladière, einem Zwiebelkuchen, garniert mit einer dicken Sauce aus Sardellen und schwarzen Oliven. Oder natürlich bei Ratatouille, dem berühmten Gemüseeintopf. Und vielleicht einer Tourta de blea zum Nachtisch, also einem süßen Kuchen aus gehackten Mangoldblättern mit Pinienkernen und Rosinen. Immer mit einem Glas Weißwein. Kaffee und Schnaps dann sowieso. Preise haben die hier, hat er sich dann jeden Tag wieder gedacht. So wie heute. Im Café Grimaldi in Monte Carlo hat er vorhin einen Kaffee und einen Schnaps getrunken, und wie der Garçon die Rechnung gebracht hat, hat er sich gedacht, zuerst haben sie Monaco geraubt, jetzt rauben sie Touristen aus. Dann ist er zum Yachthafen hinuntergegangen. Dort ist natürlich wenig los, um diese Jahreszeit. Irgendeine Männerrunde ist aber immer auf Segelwoche, auch im November. Und deshalb sind zwei Prostituierte herumgeschlendert, in Stiefeln fast bis zum Bauchnabel. Mit einem gelangweilten Gesichtsausdruck. Ein bisschen schauen, ob sie nicht vielleicht doch jemand an Bord holt. Weil alles andere haben die Kerle ja auf dem Schiff, was ein Mann zum Leben braucht. Haltbares Brot, harte Wurst, Konservendosen, Bierdosen, Schnaps, Kaffee und Zigaretten. Und weil sich nichts getan hat, ist der Huber weitergegangen. Da sieht er einen Maler. Der pinselt auf seiner Leinwand gerade an einem Schiffsmast herum und hat seinen Hut auf den Asphalt neben seiner Staffelei gelegt. Huber wirft zehn Francs hinein. Armer Hund, denkt er sich. Dem seine Bilder will auch keiner. Andererseits sagen ja viele, dass du als Kreativer auch dann ein Künstler bist, wenn niemand dein Bild kauft, dein Stück aufführt, deine Oper spielt oder dein Buch verlegt. Huber hat das ja bisher für eine gute Erfindung brotloser Künstler gehalten, damit sie ihr erfolgloses Schaffen leichter ertragen. Aber da ist schon was dran, denkt er sich jetzt. Weil du bist als Polizeibeamter auch dann Polizist, wenn du noch nie einen Gesuchten verhaftet hast. Es soll sogar Beamte geben, die in ihrer ganzen Laufbahn nicht einmal einem mehr oder weniger Verdächtigen die Nase blutig geschlagen oder den Arm gebrochen haben. Und trotzdem Polizist. Bis zur Pensionierung. Und ein Einbrecher ist auch dann ein Ganove, wenn er noch nie vor einem Richter gestanden oder in einem Gefängnis gesessen ist. Auch der Sutter ist ein Räuber, obwohl ich Gendarm ihn noch nicht erwischt habe, denkt er sich, während er seine Pfeife stopft.

Die Abende hat er meistens mit Édith verbracht. Oft in dem Lokal, das sie ihm am ersten Abend gezeigt hat. Beide haben viel erzählt. Édith hat viel gelacht. Martin hat viel gegessen. Beide haben viel getrunken. Einmal sind sie durch die Altstadt gezogen, von Lokal zu Lokal. Dann sind sie wieder nur spazieren gegangen, bis zum Hafen, oder auf den Burgberg hinauf. Le Château. Oder eben durch die Altstadt. Und haben sich eine Socca gekauft, die sie stehend im Freien gegessen haben. Und immer wieder haben sie über Martin Sutter diskutiert. Diese vielen Gespräche über Sutter! Was finden die Frauen an ihm? Wie lautet sein Motiv? Ist es nur Gier? Oder verachtet er Frauen? „Jeder Psychologe würde es auf die Kindheit schieben", hat Huber einmal mit vollem Mund gesagt.

„Oder gibt es ein Geheimnis?", hat sie gefragt. Und: „Muss ein Scheißgefühl sein, wenn du als Frau draufkommst, dass alles gelogen war, was dir der Kerl jemals aufgetischt hat. Nur damit er an dein Geld rankommt. Dass es ihm wahrscheinlich sogar unangenehm war, mit dir zusammen zu sein. So etwas vergisst du nie wieder. Da traust du keinem mehr."

Wird er wieder auftauchen? Wann und wo? Das haben sich beide oft gefragt. „Er ändert seine Methoden. Passt sich an, außer der Sache mit den gleich bleibenden Initialen", hat sie gemeint.

„Ja, er ist wie ein Fisch im Wasser", hat er geantwortet, „– nicht wie dieser hier", und hat dann in die gegrillte Goldbrasse auf seinem Teller geschnitten.

An diese Abende denkt Martin Huber jetzt, in der Air France-Maschine, tausende Meter über den Alpen.

Nur alle zwei, drei Tage hat er daheim angerufen und sich nach dem Befinden von seinem Haustier, seinem Sohn, seiner Mutter und seiner Frau erkundigt. Und zwar in dieser

Reihenfolge. Meistens vor dem Frühstück im Hotel, fällt ihm auch noch ein. Das hat die Telefonkosten für die Republik Österreich ganz schön nach oben getrieben. Weil seine Frau ihm natürlich wegen der Reihenfolge jede Menge Vorwürfe gemacht hat. „Und auf deinem Zimmer bist du sowieso nie, am Abend“, hat sie selbstverständlich auch noch anbringen müssen.

Da werde ich mir daheim einiges anhören müssen, denkt er sich und lehnt sich im Flugzeugsitz zurück. Von meiner Frau. Von meinem Chef. Von Napoléon.

WEIHNACHTEN IN MONACO

Am Heiligen Abend liegt Martin Sutter auf der Couch im Wohnzimmer seines Appartements in Monaco und schaut sich eine Show im Fernsehen an. Perfekt frisierte und geschminkte Frauen mit perfekten Figuren in glitzernden, eleganten Kleidern mit tiefen Ausschnitten, die künstlich lächelnd Unsinn von sich geben. Wenn nicht gerade kitschige Weihnachtsmusik gespielt wird. Programm für einsame Menschen, die niemanden zum Reden haben, nicht einmal zu Weihnachten.

Das ist so eine Sache, mit Weihnachten, denkt er sich und erinnert sich an seine letzten Jahre in Österreich. Die meisten wollen natürlich das Glück kaufen. Sie fahren dann, wenn alle fahren, in das Einkaufszentrum, schnappen einem Langsameren rasch den letzten Parkplatz weg, hasten wie alle anderen auch von Geschäft zu Geschäft, kaufen zu überhöhten Preisen irgendeinen Plunder und legen ihn dann schön verpackt unter den Christbaum. Das sind oft die Arbeiter, kleinen Angestellten und Pensionisten. Sie kennen den Hunger alle. Vielleicht sind sie als Kind im Krieg um Polentabrot angestanden. Oder sie waren als einfache Soldaten beim Russlandfeldzug dabei. Ihre Vorfahren waren Knechte. Leibeigene eines reichen Bauern oder Holzknechte vielleicht. Oder Bergleute. Oder Fabrikarbeiter. Viele von ihnen sind in der Jugend selbst noch am Gesindetisch gesessen. Bei Krapfen, Sterz oder Schotsuppe. Jetzt kommt der Braten auf den Tisch. Nie wieder hungern! Und Geschenke kann man sich heutzutage auch leisten. Die Beschenkten haben sich dann zu freuen. Gefälligst. Man zeigt ja schließlich auch seine Freude, obwohl man sofort weiß, dass man das fade Buch nie lesen wird oder sich die grauenhafte Krawatte nie ausgesucht hätte. Dann wird ein paar Tage gegessen und getrunken, bis man sich auch körperlich miserabel fühlt. Und das oft mit Leuten, die einem normalerweise gestohlen bleiben können. Darauf kann ich verzichten, denkt sich Sutter auf seiner Couch. Dann gibt es die, die sich mit dem Schenken zurückhalten und am Heiligen Abend eine einfache Suppe essen. Das sind oft die Bauern, Unternehmer und höheren Beamten. Nicht alle wissen, wie Hunger ist. Bauern und Offiziere haben ja oft auch im Krieg genug zum Essen gehabt. Jetzt gibt man sich bescheiden. Am Heiligen Abend nur eine Suppe. Jemand liest aus dem Evangelium, alle singen, einige beten, die meisten gehen zur Christmette. Das klingt jetzt vielleicht besser, ist es aber nicht unbedingt. Weil das sind oft die größten Heuchler. Und die nehmen das todernst. Die dulden keinen Kitsch und keine Kritik. Und keine Zweifel. Man hat für das Weihnachtswunder dankbar zu sein. Gefälligst. Dann sind da noch die, die nicht beten und nicht viel feiern und nicht viel schenken. Die sind einfach nur enttäuscht, dass das Tausendjährige Reich nicht lange gedauert hat. Sie schimpfen auch zu Weihnachten über die Pfaffen und über die fehlende Ordnung, heute. Und über die Sozis, die jetzt an der Macht sind. Über die Juden sowieso. Und über die Langhaarigen und dieses Ausländergesindel an jeder Ecke, heutzutage. Und über die Amis. Und den Russen. Weihnachten in Österreich – kann mir alles gestohlen bleiben, denkt sich Sutter, steht auf und schenkt sich einen Whiskey ein. Bei den einen wie bei den anderen kommt es dann an den Feiertagen oft zur Tragödie. Streit, Trennung, Totschlag. Alles.

Überhaupt kann mir Weihnachten gestohlen bleiben, denkt er sich jetzt und schenkt sich nach. Das Fest der Liebe? Pure Heuchelei!

Als Kind hat er um die Weihnachtszeit dauernd einen Rosenkranz nach dem anderen beten müssen. Beim Fraubeten, einem Brauch, bei dem ein Bildnis der Jungfrau Maria von Hof zu Hof getragen wird. „Gegrüßet seiest Du, Maria, voll der Gnade, der Herr ist mir Dir!"

Seine Großmutter hat darauf bestanden, dass er mitgeht. Viel zu dünn angezogen, dauernd betend. Stundenlang. Bei minus 25 Grad. „Du bist gebenedeit unter den Weibern und gebenedeit ist die Frucht Deines Leibes, Jesus."

Als Kind hat man bei den Bauern, bei denen man dann eingekehrt ist, nicht viel bekommen. Obwohl sie einen den ganzen Sommer lang ausgenützt haben, auf dem Feld. Ein Stück Kletzenbrot und etwas Butter, bestenfalls. Als Lohn für die Kinderarbeit, quasi. Die Erwachsenen haben Schnaps getrunken. Vogelbeer meistens. Geredet haben die auch untereinander wenig. Und mit einem Kind schon gar nicht. „Heilige Maria, Mutter Gottes, bitte für uns Sünder, jetzt und in der Stunde unseres Absterbens, Amen."

Später im Gastgewerbe, da hat er Weihnachten fast immer gearbeitet. Da haben natürlich die mit Familie geschaut, dass sie Weihnachten frei bekommen. Als Erwachsener hat er nur einmal ein schönes Weihnachtserlebnis gehabt, fällt ihm jetzt mit dem Whiskey in der Hand wieder ein. Als Barkeeper, hier in Monte Carlo. Ein bildhübsches, blondes Zimmermädchen hat ihm einen warmen, blauen Pullover gestrickt. Das wünscht er sich jetzt. Dass die heute mit etwas Gestricktem zur Tür hereinkäme. Wirklich.

Der Anruf kommt um 8 Uhr 15, zwei Tage vor Weihnachten – Huber ist gerade erst ins Büro gekommen. „Stellen Sie sich vor“, sagt Édith, „letzte Nacht haben meine Leute einen kleinen Ganoven erwischt, der ihnen einen ganz heißen Tipp versprochen hat, wenn sie ihn laufen lassen.“

„Er weiß, wo Sutter ist“, rät Huber.

„Nicht ganz“, lacht sie. „Der kleine Taschendieb hat sich bei einer Freundin in Antibes eingenistet und behauptet, Sutter dort mehrmals gesehen zu haben. Er soll immer einen der Wohnung der Freundin gegenüberliegenden Souvenirladen besucht haben. Der gehört einem Italiener, amtsbekannt, der Hehlerei verdächtig, aber man konnte ihm noch nie etwas nachweisen. Er war natürlich im November auch auf unserer Liste und zwei meiner Leute waren mit einem Foto von Sutter dort. Negativ. Die Story klingt nicht unglaubwürdig. Kommen Sie her?“

„Bin gleich da“, sagt Huber und legt auf.

Weil gut 650 Kilometer Luftlinie zwischen ihrem und seinem Büro liegen, dauert es dann aber schon ein bisschen, bis er in der Polizeidirektion von Nizza die Stiege zum Zimmer 203 hinaufgeht und ihm einfällt, dass morgen schon Weihnachten ist. Er nimmt immer zwei Stufen auf einmal. Huber will gleich loslegen: „Am Nachmittag knöpfen wir uns den Hehler in Antibes vor. Den Italiener. Wir brauchen zwei Kriminalbeamte, eine Frau und einen Mann, und einen Streifenwagen. Wir mit Ihrer Klapperkiste vorne dran, Ausfahrt blau. Vierzehnhundert!“ Huber ist in seinem Element.

„Sind Sie immer so, in Ihrer Dienststelle?“, fragt seine französische Kollegin.

„Nein", antwortet Huber, „meistens sitze ich sowieso nur im Büro, lese Fernschreiben und trinke Kaffee mit ..." – und weil ihm im Moment Vogelbeere auf Französisch tatsächlich nicht einfällt, holt er den silbernen Flachmann aus der Innentasche seiner Lederjacke, weil da ist es ja eingraviert – *VOGELBEER* – aber das hilft jetzt natürlich auch nichts, und er stellt ihr den Flachmann auf ihre Seite des Schreibtisches.

Sie liest: „Wo-schel-bäär – qu'est-ce que c'est?"

Huber: „Nicht Woschelbär! Vo-gel-beer!"

„Hein? Fo-gel?", schaut sie ihn ungläubig an. „Da steht aber etwas anderes. Und dass man im Deutschen hier das R am Schluss ausspricht, das weiß ich. Wie bei Ihrem Namen. Also – was stimmt nicht? Woschelbäär!"

„Mais non!", schüttelt Huber den Kopf. „Sorbier des oiseleurs!", ruft er dann und klatscht sich mit der flachen Hand auf die Stirn. „Dass ich es herausbringe! Ich bringe eine Flasche mit, falls ich wieder komme", sagt er.

Mounier erklärt ihren Mitarbeitern den Einsatz. „Hoffentlich treffen wir ihn an", sagt sie.

„Foto habe ich dabei", sagt Huber.

Dann fahren sie los. Die Fahrer des Zivilfahrzeuges und des Streifenwagens hinter Mouniers blauem Renault 16 haben Mühe, ihr zu folgen. In Antibes fahren sie Richtung Zentrum. Vor dem Schild *Fußgängerzone* halten sie an und steigen aus. Mounier faltet den Stadtplan auseinander und legt ihn auf die Motorhaube des Renaults.

Huber schaut auf die beiden Uniformierten: „Ihr beide bleibt hinten. Erst wenn wir im Souvenirladen sind, kommt ihr zum Haus nach und postiert euch vor dem Eingang. Ihr lasst niemanden heraus und niemanden hinein." Jetzt wendet er sich zu den Kriminalbeamten: „Du und du, wir vier gehen hinein. Unser Mann ist also Italiener, in meinem Alter und in meiner Größe, aber schlank und dunkelhaarig. Zumindest laut Personenbeschreibung 1974", und dann zeigt er ihnen das alte Passfoto aus der Polizeiakte. „Verstanden?", schaut Huber sich um.

Alle vier schauen auf Mounier. Sie nickt.

„Also los!", sagt Huber.

Die vier gehen pärchenweise zum Haus und schauen in die Auslage des Souvenirgeschäftes. Drinnen steht ein dunkelhaariger, eher kleiner, hagerer Mann hinter einer riesigen Kommode, die mitten im Raum steht. Vor der Kommode steht eine Frau mittleren Alters. Wahrscheinlich der Italiener mit Kundschaft. Sie gehen hinein und sehen sich um. Der Italiener grüßt freundlich und unterhält sich weiter mit der Frau. Die Beamtin geht zur Frau, der junge Beamte Richtung Hehler, Huber Richtung Tür zum Hinterzimmer, Mounier bleibt beim Eingang. Jetzt geht alles sehr schnell. „Polizei!" Die Beamtin in Zivil schnappt die Frau am linken Oberarm, der Kriminalbeamte zieht seine Dienstwaffe und richtet sie auf den Italiener. Huber reißt die Tür zum Hinterzimmer auf, die Walther PP Super im Anschlag. Mounier steht beim Eingang, die Pistole in der Rechten. Die junge Beamtin führt die Frau zum Ausgang und übergibt sie den beiden Uniformierten. Der junge Franzose führt den Italiener in das Hinterzimmer, wo Huber schon am Schreibtisch sitzt.

„Hast du keinen Schnaps da?", fragt Huber.

Der Hehler geht geistesabwesend zu einem Schrank und bringt eine Flasche Grappa und zwei Gläser.

„Setz dich", sagt Huber.

Der Italiener schenkt die Gläser voll.

„Also", fängt Huber an, „wir haben einen Burschen geschnappt, der hat diesen Mann bei dir gesehen", und schiebt ihm ein Foto von Sutter hin. „Den suchen wir. Du wirst mir jetzt sagen, wo ich ihn finde.“

„Unbekannt“, sagt der Hehler nach einem kurzen Blick auf das Foto. Nach dem Mann haben mich Ihre Kollegen schon einmal gefragt.“

„Pass auf“, sagt Huber, „ich durchsuche jetzt deinen Laden hier und dann nehme ich dich mit.“

„Zeigen Sie mir bitte den Durchsuchungsbefehl und den Haftbefehl“, sagt der Italiener gefasst.

„Brauche ich alles nicht“, winkt Huber ab.

Der Hehler sieht ihn erstaunt an.

„Ich bin nämlich gar nicht von der Polizei, musst du wissen“, erklärt ihm Huber. „Ich bin ein österreichischer Gendarm. Also von Rechts wegen habe ich hier gar nichts zu suchen. Aber das ist mir egal. Und der französischen Polizei auch, wie du siehst.“ Huber deutet auf die Beamten, die regungslos dastehen.

Der Italiener hebt hilflos beide Hände und lässt sie wieder sinken.

„Ja“, sagt Huber, „dann nehmen wir jetzt deine Bude auseinander, dann bringen wir dich nach Nizza und die da verhören dich tagelang.“ Er zeigt auf die Franzosen. „Das steht dann auch in der Zeitung. Unter deinem Foto. Schlecht für das Geschäft.“ Huber schüttelt den Kopf und trinkt den Grappa in einem Zug.

Der Italiener nach ein paar Sekunden auch. „Aber ich kenne diesen Mann wirklich nicht“, sagt er mit ratlosem Blick. „Es ist zwar nicht in Ordnung, aber meinetwegen durchsuchen Sie das ganze Haus. Sie werden nichts finden. Und wenn Sie mich mitnehmen gehe ich davon aus, dass ich im Rechtsstaat Frankreich nach Weihnachten wieder zu Hause bin. Ich bin ein unbescholtener Geschäftsmann.“

„Ja, weil man dir nichts nachweisen konnte, damals“, meint Huber.

„Tun Sie, was Sie für richtig halten“, sagt der Italiener ruhig und verschränkt beide Arme vor der schmalen Brust.

So hat Huber sich das vorgestellt. Er steht auf und sagt: „Wir fahren jetzt. Aber wir kommen wieder. Überleg es dir gut. Wenn dir etwas einfällt, rufst du an. Die Leiterin der Ermittlungen gibt dir eine Telefonnummer.“ Er zeigt mit dem rechten Zeigefinger auf Mounier.

Alle schauen auf die kleine Inspektorin. Sie nickt, geht zum Tisch und legt dem Italiener eine Karte hin.

Wortlos gehen sie zu den Dienstfahrzeugen. Während der Rückfahrt sagt sie zu Huber: „Hat wohl nichts gebracht, unser Auftritt.“

„Wer weiß, wofür es gut ist“, meint er nur.

Zurück in Mouniers Büro fragt sie Huber: „Wo hat der Sutter bloß die ganzen Papiere her?“

„Im Hafen von Marseille kannst du alles kaufen“, antwortet Mounier. „Falsches Geld, echte Papiere, kistenweise LSD, einen handlichen Revolver, ein schweres MG, junge Frauen, neue Eier“, stockt sie plötzlich und wird rot.

Huber hebt die Brauen.

„Das sagt man so, bei uns in Grenoble“, sagt sie und schaut.

„Aha“, meint Huber.

„Excusez moi“, sagt sie und geht raus. Mit einem Zettel in der Hand kommt sie nach ein paar Minuten wieder. „Sie wollen morgen nach Hause fliegen – am Heiligen Abend?“

„Non“, sagt er.

Sie schaut ihn groß an.

„Erst wenn der Rummel vorbei ist", schüttelt er den Kopf. „Am Weihnachtstag. Können Sie das mit dem Flug arrangieren lassen? Im Hotel habe ich Bescheid gesagt."

„Klar", sagt sie. „Und was machen wir zu Weihnachten?"

„Wir?", fragt er.

„Na ja", schaut sie ein bisschen verlegen. „Ich habe nichts vor. Vom 25. auf den 26. habe ich dann Nachtdienst. Nachher habe ich ein paar Tage frei. Da fahre ich zu meiner Familie nach Grenoble. Aber morgen habe ich nichts vor. Ich wäre vor dem Fernseher gesessen, wahrscheinlich. Aber wir können uns einen Glühwein machen."

Am Heiligen Abend schiebt sie die eingeschnittenen Kastanien in das Backrohr, er macht Glühwein. Sie essen, trinken, reden. In Édiths kleinem Wohnzimmer. Martin raucht Pfeife. Huber greift in die Innentasche seiner Lederjacke, die über dem Sessel hängt, holt ein flaches Päckchen heraus und schiebt es Mounier hinüber. „Joyeux Noël", sagt er.

„Merci", sagt sie, geht zum Schrank, holt ein Päckchen aus einer Lade und drückt es ihm in die Hand: „Frohe Weihnachten!"

„Damit habe ich nicht gerechnet", sagt er.

Beide packen aus. „Vielleicht komme ich ja einmal hin", hält sie den Reiseführer Salzburg grinsend in die Höhe.

„Merci", sagt Huber und wiegt die Butz-Choquin-Pfeife in der Rechten ab. „Eine Mignon Azur! Das ist ja ein Riesengeschenk."

Gegen Mitternacht gehen sie zur Cathédrale Ste. Réparate. Huber geht sonst fast nie in die Kirche. Mounier auch nicht. Sie schauen hinein und erwischen noch den Schluss der Christmette. Wieder draußen streckt sie ihm die Hand hin und schaut ihn mit großen Augen an: „Au revoir, mon Capitaine."

Er nimmt ihre Hand. „Wenn der nächstbeste Streifenpolizist Sutter fängt, dann sehen wir uns nicht wieder. Sag noch einmal meinen ganzen Namen – bitte", duzt Huber sie erstmals.

„Capitaine Martin Übär", sagt sie, steigt auf die Zehenspitzen und küsst ihn auf die linke Wange.

Er bleibt stocksteif stehen. Dann dreht er sich rasch um und geht weg, Richtung Hotel.

CASINO DE MONTE-CARLO

Am Abend des Neujahrstages 1979 sitzt Heidi Ambühl am hintersten Roulettetisch der Spielbank von Monte Carlo. Sie ordnet gerade die Jetons, die ihr der Croupier herüber geschoben hat. Es werden vier gleich hohe Stapel. Was übrig bleibt schiebt sie ihm zurück und sagt: „Pour les employés."

„Merci, Madame", sagt der junge Franzose und schiebt sie dorthin, wo sie hingehören. Durch den Schlitz in den Behälter im Roulettetisch.

Das Spielen ist eine ihrer beiden großen Leidenschaften. Heidi raucht nur gelegentlich ein Zigarillo, wegen dem Genuss zweifellos, ernährt sich meistens möglichst kalorienarm, wegen der Kleidergröße hauptsächlich, hat so gut wie keine Affären mit Männern, wegen der Erziehung vielleicht, geht viel an die frische Luft, wegen der Hunde tagtäglich. Aber das Spiel, vor allem Roulette. Und der Wein, vor allem der Rotwein. Damit beschäftigt sie sich neben dem Entwerfen von Schmuckstücken am liebsten. Jetzt spielt sie wieder mehr, seit Hans Urs Loosli in den Freitod gegangen ist, wie es sein Neffe, der einzige Verwandte, beim Begräbnis in Luzern ausgedrückt hat. Hans Urs Loosli hat alles ihr vermacht. Sie haben sich öffentlich als Lebensgefährten bezeichnet. Heidi Ambühl ist kinderlos, war nie verheiratet und besitzt ein gut gehendes Juweliergeschäft in Luzern. Dort wird auch von ihr selbst entworfener Schmuck verkauft. Sie besitzt auch noch vier weitere gut gehende Juweliergeschäfte in der Schweiz. In Zürich, Basel, Lausanne und Genf. Das bringt ihr pro Jahr knapp eine Million Schweizer Franken. Das ist für Heidi Ambühl Spielgeld. Weil ihren Reichtum hat sie geerbt. Von ihrem Vater. Der hat neben einer großen

Fabrik in Bayern praktisch die eine Hälfte des Vierwaldstättersees besessen. Samt der Grundstücke davor und der Berge dahinter. Und von Hans Urs Loosli. Der hat sozusagen die zweite Hälfte des Vierwaldstättersees besessen. Samt der Grundstücke davor und der Berge dahinter. Mehr oder weniger. Heidis Reichtum ist immens. Der alte Ambühl und Loosli haben sich gut verstanden. Jagdkameraden! So hat sie Hans Urs kennengelernt, vor Jahrzehnten. Hans Urs hat ihr dann irgendwie den Vater ersetzt, wie der an einem Sonntag im Mai um fünf Uhr früh bei der Auerhahnpirsch plötzlich zusammengebrochen ist. Herzversagen! Mit ihrem Vater hat sie ja gelebt auf seinem Schloss, bis dahin. Sie hat immer alles durchgesetzt, was sie erreichen wollte, nur bei den Männern, da hat sie einfach nie genug Schneid gehabt. Ja, als Studentin, hie und da ein bisschen. Aber dann ist sie immer zurückhaltender geworden. Nicht, dass sie schüchtern wäre. Nein, überhaupt nicht, sie geht auf die Menschen zu. Aber dann, wenn ihr einer näher kommt, also da lässt sie sich auf nichts ein. Sie weiß selber nicht warum, und manchmal stimmt sie das ein bisschen traurig. Neunundzwanzig war sie, wie Hans Urs Loosli auf Schloss Ambühl eingezogen ist. Und weil der Hans Urs so eine Hand für das Geschäft gehabt hat, war sie nach 15 Jahren viermal so reich. Mit den Geschäften hat die Heidi nichts zu tun haben wollen. Sie wollte nur ihren Schmuck entwerfen und sich mit dem Weinkeller beschäftigen. Und manchmal ein Spiel natürlich. Hans Urs war ungefähr um 20 Jahre älter als sie. Kinderlos und nie verheiratet. Jäger und Weinliebhaber. Ein beinharter Geschäftsmann und ein einfühlsamer Gesprächspartner und ein begnadeter Musiker. Jazz vorwiegend. Piano. Beim Jazz Festival von Montreux 1974 haben sie Michelle kennengelernt. Michelle Ziegler. Eine hochtalentierte Saxophonistin Anfang zwanzig. Bildhübsch, etwas burschikos vielleicht, Studentin der Musikwissenschaften. Das ist sie noch heute, also auffallend hübsch und Studentin. Und eine hochbegabte Saxophonistin. Jazz vorwiegend. „So ein Talent muss man unterstützen", hat Hans Urs damals in Montreux gesagt. „Wenn man in der glücklichen Lage ist, dass man das kann." Zwei Monate später ist die junge Saxophonistin auf Schloss Ambühl eingezogen. Jetzt könnte man meinen, dass der Hans Urs, weil schon älter und schwerreich und gezeichnet von den Anstrengungen rund um die Jagd herum, und die Michelle, weil sehr jung und mittellos und unglaublich hübsch in ihrer burschikosen Art. Aber der Hans Urs hat sich eigentlich schon lange nicht mehr viel aus Frauen gemacht. Die Michelle allerdings schon.

Am Neujahrsabend 1979 sitzt Michelle in der Spielbank von Monte Carlo rechts neben Heidi. Wie immer. Michelle macht sich nichts aus Roulette. Aber sie würde Heidi in jedes Casino der Welt begleiten, sagt sie. Und tut es auch. Hans Urs hat an einem Donnerstag im August 1978 kurz vor der Dämmerung einen kapitalen Hirsch erlegt. Blattschuss! Wie er dann hingekommen ist, um den Sechzehnender auszuweiden, hat er das Gewehr an einen Baumstumpf gelehnt. Dabei hat sich ein Schuss gelöst. Blattschuss! Ein tragischer Unfall – haben seine Jagdkameraden gesagt, Selbstmord – hat seine Familie festgestellt. Eigentlich sein Neffe, weil mehr Familie war nicht mehr da. Schlecht ist es Heidi danach gegangen. Unglaublich feinfühlig getröstet hat sie Michelle. Während Heidi der Roulettekugel nachschaut, denkt sie an die gemeinsamen Abende zu dritt. Hans Urs war ein großartiger Geschichtenerzähler. Auch die Michelle ist halbe Nächte lang neben dem Hans Urs und der Heidi im doppelten Lotussitz auf dem dicken Teppich gesessen und hat ihm zugehört. Seine Erzählungen. Sein Klavierspiel. Manchmal ist sie aufgestanden und hat ihm eine neue Flasche Châteauneuf-du-Pape gebracht.

Am Schloss gibt es keine richtigen Feste mehr, seit Hans Urs tot ist. Dabei kennt Heidi die gesamte Schweizer Haute-Volée und hat gerne Gesellschaft. Und sie hat große Pläne. Aber niemanden mehr, der sich darum kümmert. Das muss sich ändern, denkt sie sich, während die Croupiers ihre Plätze wechseln. Organisiert und regelmäßig will sie ihr Schloss wieder für Wohltätigkeitsveranstaltungen zur Verfügung stellen. Und diese finanzieren. Heidi denkt an ihren Vater. Dass dessen Vermögen unter anderem auf Erlösen aus Zwangsarbeit und Arisierung während des Zweiten Weltkriegs gründet, war für sie immer eine Bürde. Sie braucht gute Taten.

Am Neujahrsabend 1979 sitzt Martin Sutter auf einem Barhocker im Casino von Monte Carlo und denkt über seinen Hehler nach. Du kannst dort Schmuck, Gold, Edelsteine, Briefmarken und Münzsammlungen hinbringen und Papiere aller Art in Auftrag geben. Pass, Führerschein, Geburtsurkunde, Kreditkarte, Totenschein. Oder eine Promotionsurkunde bestellen. Accessoires für den verwöhnten Ganoven sozusagen, denkt sich Sutter. Das Haus für die gehobene Kundschaft aus der Unterwelt. Der Hehler ist Italiener und muss über ein hervorragendes Netzwerk verfügen. Von ihm erzählt hat ihm vor langer Zeit eine Prostituierte aus Nizza, für die er damals zweihundert Francs bezahlt hat. Für ein Telefonat. Weil er bei der Vorbereitung eines Coups eine Frauenstimme als Anruferin gebraucht hat. Sie kennt einen Mittelsmann des Hehlers schon länger, hat sie ihm erzählt. Sie lässt dort immer ihren Gesundheitspass machen. Vom Arzt würde sie keinen mehr kriegen. Den Hehler selbst kennt sie nicht. Kleinkunden werden nur über Mittelsmänner bedient. Nutten sowieso. Leute, die mit Rauschgift zu tun haben, gar nicht. Gewaltverbrecher auch nicht. Prostitution, Diebstahl, Einbruch, Betrug und Erpressung. Das sind die Geschäftsbereiche der Kunden des Hehlers. Keine Entführung, kein bewaffneter Raubüberfall, kein Mord. Keine Bandenkriminalität. Nur wenige Großkunden kennen ihn persönlich. Er ist noch nie erwischt worden. Er lebt bescheiden und unauffällig mit einer Französin und betreibt ein kleines Geschäft. Manchmal fährt er nach Italien. Es dauert viele Monate, wenn nicht Jahre, bis man den Italiener persönlich kennenlernt. Wenn überhaupt – selbst als Großabnehmer. Sutter kennt ihn gut. Sie haben schon so manche Flasche zusammen geleert. In den zwei, drei Stammlokalen des Hehlers. Alles Italiener. Oder manchmal sogar in seinem Laden. Das hat dem Sutter eine schöne Stange Geld gekostet, bis der Mittelsmann überhaupt einmal mit der Kontaktadresse rausgerückt ist, damals.

Martin Sutter nennt sich jetzt Manuel Skoff. Die rotblonden, kurz geschnittenen Haare mit kastanienfarbenen Strähnen stehen ihm gut. Dazu den passenden Oberlippenbart – elegant gestutzt.

Manuel Skoff, Kaufmann aus Wien. Jetzt schaut er selber noch einmal seine neue Visitenkarte an. Das mit der Büroadresse auf der Karte ist ganz einfach. Dahinter steckt eine Büroservicefirma, die für mehrere Kunden Anrufe und

Post entgegennimmt. Eine junge, wahrscheinlich zukunftsträchtige Branche. Am Telefon sagen sie, der Herr Sowieso ist auf Dienstreise und bieten einen Rückruf an, zum Beispiel. Als Auftraggeber rufst du einfach mehr oder weniger regelmäßig dort an und fragst nach, was hereingekommen ist.

Martin Sutter alias Manuel Skoff zahlt jetzt seinen Martini, dämpft die neunte Gitane aus und sucht sich einen freien Platz an einem Roulettetisch.

Heidi Ambühl errichtet immer neue Jetonstapel. Das Spiel läuft gut, heute. Das wird dauern – wird ein langer Abend, denkt sich Michelle. Vom Nebentisch schaut manchmal unauffällig ein stattlicher, elegant gekleideter junger Mann mit rotblondem Haar und dunkleren Strähnen zu ihnen herüber. Zum Beispiel immer dann, wenn Michelle ihre linke Hand auf den rechten Unterarm von Heidi legt. Die beiden Frauen nehmen keine Notiz von ihm. Sutter macht seine Einsätze, schaut aber immer wieder zu Michelle. Sie ist nicht groß, sehr schlank, hat ganz kurzes, blondes Haar, einen offensichtlich trainierten Körper und sehr feine Glieder. Das sieht man, wenn sie ihre Hand auf Heidis Arm legt. An einem Lederband um ihren Hals baumelt ein kleines goldenes Saxophon mit winzigen Diamanten als angedeutete Klappen. Ein ungewöhnliches Schmuckstück. Sutter bestellt einen Martini. Dann schaut er vorsichtig immer wieder zu Heidi. Sie wirkt unauffällig, sehr gepflegt, blickt sehr sanft mit ihren dunklen Augen, lächelt manchmal Michelle zu. Im Vergleich zu Michelle wirkt sie direkt weich und rundlich. Ein interessantes Duo, denkt sich Sutter. Ob es Mutter und Tochter sind? Vom Alter her könnte sich das fast ausgehen. Aber ähnlich schauen sie sich überhaupt nicht. Irgendwie hat sich Sutter angezogen gefühlt, von den beiden. Obwohl er sofort gewusst hat, das ist nichts für sein Geschäft – zwei Frauen. Oder ist das die neue Herausforderung? Der besondere Reiz? Schließlich hat er sich ständig weiterentwickelt, in seinem Metier, hat er sich dann wieder gesagt. So unschlüssig war er schon lange nicht mehr. Wenn überhaupt einmal.

Jedenfalls ist Martin Sutter einen Tag nach dem Neujahrstag 1979 am frühen Abend mit einem trockenen Martini in der linken Hand und der dreizehnten Gitane ohne Filter im rechten Mundwinkel wieder an der Bar des Casinos von Monte Carlo gestanden. Und dann sind sie hereingekommen, die beiden Schweizerinnen. Und wieder haben sie genau die beiden Schalter bewegt, im Sutter. Den Schalter für die Seele, die Heidi, und den Schalter für die Sinne, die Michelle. Aber wenn dir jemand die zwei Schalter für die Seele und die Sinne einschaltet, dann schaltet sich der dritte Schalter automatisch aus. Der Schalter für den Verstand. So ist das eben beim Menschen. Mehr als drei Schalter hat er nicht. Bauch, Herz und Kopf. Und deshalb hat er sich jetzt bauch- und herzgesteuert auf die ganze Sache eingelassen, der Sutter. Das war für ihn eine neue Erfahrung. Weil bisher hat er immer nur mit eingeschaltetem Verstandschalter gearbeitet, in seiner Karriere. Ja, ein bisschen war schon manchmal der Bauchschalter auf ein, am Cap Ferrat zum Beispiel. Aber das geht ja noch. Weil der Bauchschalter schaltet sich meistens schnell wieder von selber ab, zumindest beim Mann. Und in dem Moment schaltet sich dann automatisch der Verstandschalter wieder ein. Da musst du gar nichts tun. Sowieso schwierig ist es mit dem Herzschalter. Rien ne va plus! Was jetzt nicht heißt, dass der Sutter sein Herz verloren hat, am 2. Jänner 1979 im Casino von Monte Carlo. In Wirklichkeit hat er nur geahnt, dass die Heidi ein großes Herz haben könnte. Und das ist eine vorteilhafte Charaktereigenschaft, für sein Gewerbe. Bei der Michelle ist es ihm natürlich nicht so sehr um den Charakter gegangen.

Sutter lässt die beiden Schweizerinnen im Spielcasino nie ganz aus den Augen. Am späten Abend geht er ihnen dann nach, Richtung Ausgang. Gut, dass er heute so früh da war und seinen Wagen so günstig geparkt hat. Die Frauen nehmen ein Taxi. Er fährt ihnen nach. Place du Casino, Place des Moulins, den Boulevard d'Italie, Richtung Menton, sie halten sich rechts, fahren zum Cap Martin, die Avenue Sir Winston Churchill, dann biegen sie ein. Nach gut einer Viertelstunde hat er die Adresse. Eine Villa in bester Lage, direkt am Meer. Am Cap Martin! Das ist hier neben dem Cap Ferrat eine der teuersten Gegenden überhaupt, weiß Sutter natürlich.

Für Martin Sutters Detektivbüro ist es überhaupt kein Problem gewesen, innerhalb von wenigen Tagen die von ihm gewünschten Erkundigungen über die Leute einzuholen, die zu dieser Adresse gehören. Sutter sitzt in seinem Appartement, mit einem Whiskeyglas in der Hand und liest den Bericht. Schweineteuer, aber saugut, diese Detektei, denkt er sich. Eigentümerin der Villa in Roquebrune-Cap-Martin ist eine gewisse Heidelinde Ambühl, allgemein Heidi genannt, geboren am 2. Mai 1934 in Luzern, unverheiratet, kinderlos, promovierte Kunstgeschichtlerin, wohnhaft bei Luzern, Schloss Ambühl, Inhaberin von mehr als einem halben Dutzend Unternehmen, beste Bonität, Großgrundbesitzerin, Schlossherrin, mehrfach international ausgezeichnete Schmuckdesignerin, begehrtes Mitglied der Schweizer Gesellschaft, großzügige Gastgeberin, Jazzfan, Weinliebhaberin, keine Skandale. Null. Seit Jahren an ihrer Seite: Ihre Vertraute und ständige Begleiterin Michelle Ziegler, 27, geboren in Genf, ledig, wohnhaft Schloss Ambühl, Studentin, Musikerin, Mitglied einer bekannten Jazzformation. Die Reiche und die Schöne, denkt sich Sutter. Dann kommen viele Dinge, die ihn nicht interessieren. Aber dann hebt er plötzlich die Augenbrauen. Die Schlossherrin sucht derzeit jemanden, der sich um den Garten kümmert und jemanden, der sich um die Organisation von Veranstaltungen und um Küche und Keller kümmert. Die Ausrichtung von Konzerten, Ausstellungen, Lesungen, Festen, Benefizveranstaltungen und so weiter. Voraussetzung: Erfahrung in der gehobenen Gästebetreuung und der Organisation von Veranstaltungen auf hohem Niveau. Französischkenntnisse zwingend erforderlich, Ausbildung zum Sommelier erwünscht. Der alte Gärtner ist ein Jahr vor Pensionsantritt plötzlich verstorben. Jetzt ist eine Gärtnerei beauftragt, die unterschiedliche Leute schickt. Um die Gäste hat sich bis zu seinem Tod Hans Urs Loosli, Lebensgefährte der Schlossherrin, Geschäftsmann, Jäger, Weinkenner, Weinliebhaber, Jazzpianist, Liebling der Schweizer Haute-Volée, persönlich gekümmert. Jetzt finden einfach keine Feste mehr statt. Und so weiter.

Aber Sutter mag gar nicht mehr weiterlesen. Ständig denkt er über das Stellenangebot nach und schenkt sich noch einen Doppelten ein. Er wittert Beute. Und nicht nur für den Geldbeutel.

Zwischen den Feiertagen ist Huber jeden Tag im Büro. An den Feiertagen meistens auch. Und jeden Tag telefoniert er mit Édith. Schon beim ersten Telefonat nach seiner Rückkehr hat sie sich nach der Reaktion seines Colonels erkundigt, nachdem er keine Gefangennahme vermelden konnte, wie Édith es ausgedrückt hat. Und nach der Reaktion seiner Frau, nachdem er den Heiligen Abend nicht mit ihr verbringen konnte, wie Édith das ausgedrückt hat.

„Der Oberst hat mich zehn Minuten lang angebrüllt und meine Frau hat mir vier Stunden lang Vorhaltungen gemacht. Das war's", hat Huber nur gesagt.

Von Sutter keine Spur.

Zu Silvester 1978 hat es für Familie Huber keinen Grund zum Feiern gegeben. Frau Huber hat ihrem Mann seit seiner Rückkehr noch mehr Vorwürfe gemacht wie früher. Huber ist darauf noch weniger eingegangen wie früher. Er hat geschwiegen, ist zum Pistolenschießen oder Tarockieren gegangen. Oder hat sich freiwillig zum Nachtdienst gemeldet. Gegen Drei Könige hat sie ihm dann auf einmal keine Vorwürfe mehr gemacht. Die Woche darauf ist sie zu ihrem Vorgesetzten gezogen. Ein Haus weiter. Der Sohn hat seinem Vater dann vorgeworfen, dass er seine Mutter aus dem Haus getrieben hat und ist bei seiner Freundin eingezogen. Huber war dann noch mehr im Büro wie sonst, den restlichen Jänner und den ganzen Februar praktisch. Abends ist er oft alleine im Wohnzimmer gesessen und hat französischen Rotwein getrunken, seine Butz-Choquin-Pfeife geraucht und über alles nachgedacht.

Nein, alleine war er ja gar nicht. Napoléon war immer bei ihm. Seit Huber auf alleine gekommen ist, hat sich das Vieh besonders um seinen Ernährer gekümmert. Gerne ist er neben Hubers Sessel auf dem Teppich gelegen. Man sagt ja, hat sich Huber gedacht, wie er dem dreifärbigen Kater einmal in die grünen Augen geschaut hat, dass dir die Katze in die Seele schauen kann. Ab und zu war auch der Franz bei ihm. Wenn er ihn auf dem Nachhauseweg eingeladen hat. Dann ist der Franz am Abend bei Martin gesessen und hat Bier getrunken und Smart Export geraucht. Da haben sie über die alten Zeiten geredet. So wie jetzt gerade.

Der Franz war früher ein begnadeter Einbrecher. Da hat es in Österreich und Bayern keine Terrassentür gegeben, die er nicht in sechs Sekunden offen gehabt hätte. In sechs Sekunden mit Einbruchsicherung. In zweieinhalb Sekunden ohne Einbruchsicherung. Einen Mauersafe ohne Panzerung in 20 bis 30 Sekunden. Einen Geldschrank der Sicherheitsklasse IV in eineinhalb bis zwei Minuten. Klasse III vier bis fünf Minuten. Fünfeinhalb vielleicht, wenn es einmal ganz blöd hergegangen ist. Seit der Haftentlassung hält er sich mit Fenstereinstellen und Türenreparieren über Wasser. Bei Hubers funktionieren alle Fenster prima. Das hat der Franz natürlich gemacht, wie Frau Huber bei der Chorprobe war. Gratis.

Martin schiebt dem Franz einen zusammengefalteten 1000-Schilling-Schein mit einem Schlüssel obendrauf hin. „Du fütterst ab jetzt Napoléon, wenn ich nicht da bin. Zum Schuldirektor mag er nicht hinübergehen und meine Frau hat Napoléon sowieso nie leiden können. Auf die jungen Leute ist kein Verlass, außerdem sind sie zu weit weg. Und dich mag er komischerweise. Zum Fressen ist genug in der Garage, die ist immer offen. Wenn du Geld für Futter oder den Tierarzt ausgibst, sagst du es mir einfach. Außerdem sollst du ihn am Abend ins Haus lassen, wenn er rein will. Und wenn du den Haustürschlüssel einmal nicht dabei hast, wird das für dich ja auch kein Problem sein, oder?"

„Wenn du mir dann nicht wieder ins Knie schießt", grinst Franz.

„Ich schieße dir zwischen die Augen, wenn du Napoléon verhungern lässt", sagt Huber und holt noch zwei Flaschen Stieglbier von der Fensterbank herein, wo er sie in der kalten Jahreszeit immer zum Kühlen hinstellt.

Ausgerechnet in Bergheim bei Salzburg hat ihn Huber vor Jahren nach einem Zund geschnappt. Auf frischer Tat. Mit einem gezielten Schuss in das linke Bein. Weil er in den nahe gelegenen Wald Richtung Maria Plain abhauen wollte. Noch heute hinkt der Franz ein bisschen. Nach Verbüßung der Haftstrafe ist er dann zu seiner Mutter gezogen, zehn Gehminuten von Hubers Haus entfernt. Da hat der Franz ganz schön dumm geschaut, wie der Huber ihn beim Vorbeifahren erkannt und auch dumm geschaut hat. Der Huber ist dann stehen geblieben. Seither hat Martin dem Franz jeden Monat 500 Schilling zugesteckt. Immer so um den Ersten herum. Da ist er auf dem Nachhauseweg beim Haus von der Mutter vom Franz stehen geblieben und dann haben sie hinter dem Haus aus Hubers Flachmann getrunken und geraucht. Bei Hubers ins Haus hat der Franz nie dürfen, solange Hubers Frau noch da war. „Du wirst dich doch in deiner Position nicht mit Kriminellen verbrüdern", hat sie gesagt. „Und denkst du eigentlich auch an deinen Sohn?"

Dann ist Verstärkung gekommen. Hauptschuldirektor, Chorleiter, Kirchengemeinderat Paul Newman ist vor der Tür gestanden, wegen einer ernsten Sache, wie er sich ausgedrückt hat. „Wegen dem Asozialen bin ich da, Martin", hat er gesagt und ganz besorgt geschaut.

„Ich muss jetzt zum Tarockabend", hat der Martin nur gemeint. Und weg war er. Das fällt Huber alles wieder ein, wie er gerade die Bierflaschen aufmacht.

Wenn Martin mit Napoléon alleine ist, legt er gerne eine Platte auf. Chansons. Vom kürzlich verstorbenen Jacques Brel zum Beispiel. Der gefällt Napoléon. Oder Jazz. Vom sehr lebendigen Dave Brubeck zum Beispiel. Der gefällt Napoléon weniger. Jetzt regt sich ja außer Napoléon keiner mehr auf, wenn ich einmal ein bisschen lauter aufdrehe, denkt Huber sich dann. Manchmal geht er in die Küche und schaut aus dem Fenster zum Haus von Paul Newman hinüber. Dann steht Napoléon auf, geht Richtung Küchenfenster, hüpft auf die Anrichte und schaut auch zum Haus von Newman hinüber. Ich könnte den Schullehrer nach Südfrankreich locken und ihn dort erschießen, denkt sich Huber. Weil wenn sie mich schon erwischen, dann komme ich dort als verlassener Ehemann, der sich an seinem Nebenbuhler rächt, viel besser davon als bei uns. Das gilt dort als crime passionnel – Verbrechen aus Leidenschaft. Und da sind sie milde, die Südländer. Auch wenn es vielleicht mit der Leidenschaft gar nicht mehr so weit her war. Dann geht Huber wieder zu seinem Sessel, raucht weiter, trinkt und denkt. Napoléon legt sich wieder hin und schnurrt weiter. Keine Ahnung, ob sich das Vieh dabei etwas denkt. Auch über den Schmerz denkt Huber nach, den er manchmal links oben in der Brust verspürt. Zum Beispiel, wenn er auf dem Klo sitzt. Es ist kein sehr starker Schmerz. Ob sich da irgendetwas verengt hat? Schon komisch, überlegt er. Da streitet man sich ständig und ärgert sich jeden Tag, aber dann bricht es einem doch fast ein bisschen das Herz, wenn alle weg sind. Aber zum Arzt gehe ich nicht, sagt er sich. Ganz sicher nicht! Seit das damals mit dem Magengeschwür war. Da war er bei seinem sogenannten Hausarzt, der natürlich nie ins Haus gekommen ist. Auch damals nicht, wie seine Frau über 40 Grad Fieber gehabt hat. Da hat der Hausarzt am Telefon gesagt: „Soll ich vielleicht wegen Ihnen durch die ganze Stadt fahren, bei dem Verkehr jetzt?"

Weil der Hausarzt war in der Nähe von Hubers Dienststelle, also südlich der Stadt. Und das schmale, eierschalenfarbene Haus der Hubers steht in einer Siedlung nördlich der Stadt. Jedenfalls hat Huber dann seine Frau in eine Decke gewickelt und zum Arzt gebracht. Ja, das Magengeschwür, erinnert sich Huber, wie er sich Rotwein nachschenkt. Als Erstes hat ihn der Hausarzt zur Physiotherapeutin überwiesen. Zehn Massagen und zehn Moorpackungen. Weil die Physiotherapeutin ist die Frau vom Hausarzt. Damals hätte er auch schon die kleinen, erbsengrünen Pillen nehmen müssen. Zwei pro Tag. Im Beipacktext ist gestanden, dass sie auch gegen die Pest helfen. Dann hat er noch die sehr seltenen Nebenwirkungen gelesen und die ganze Schachtel in den Mülleimer geworfen. Der Hausarzt wollte ihn dann auf die Chirurgie schicken. Operation. Einen Termin und ein Bett in einem Zweibettzimmer und die Zusage, dass er selbst operieren wird, hat er ihm sofort angeboten, der Primarius. Weil der Huber als Bundesbeamter natürlich zusatzversichert ist. Günstige Gruppenversicherung. Und der Primar ist der Bruder vom Hausarzt. Da hat der Huber einfach Pech gehabt. Warum kann der Bruder von seinem Hausarzt nicht Psychiater sein? Dann hätte er nur auf die Couch müssen. Und nicht unters Messer. Huber ist dann einfach nicht mehr hingegangen, zum Chirurgen, weil ihm ein Kollege erzählt hat, wie er sein Magengeschwür weggebracht hat. Und so hat es der Huber dann auch wegbekommen. Mit Tee. Jeden Morgen vor dem Frühstück ein Häferl heißen russischen Tee mit einem ordentlichen Schuss Vogelbeerschnaps. Seither hat er nie wieder Probleme mit dem Magen gehabt. Er wollte seinem ehemaligen Hausarzt dann noch ordentlich die Meinung sagen und ist einmal in der Mittagspause hinübergegangen, aber da war der natürlich auf Urlaub – wie so oft. Man hört ja, dass sich manche Pharmafirmen da nicht lumpen lassen, was die Ausflüge für ihre tüchtigsten Verschreiber betrifft, denkt sich Huber, wie er zurück in sein Büro marschiert.

Im Februar macht Martin einen Kochkurs. Aber er kocht sich nie etwas, alleine. Unter der Woche isst er mit seinen Kollegen in der Kantine oder in einem Gasthaus und am Sonntag fährt er manchmal zu seiner Mutter, zum Mittagessen. „Die war nicht die Richtige für dich. Das habe ich dir schon immer gesagt“, sagt seine Mutter jedes Mal beim Essen.

Aber Huber weiß das ja. Jeder Ganove sagt: „Ich war's nicht.“

Und jede Mutter sagt: „Die war nicht die Richtige für dich.“

Oder Martin isst auf einer Skihütte. Bei Schönwetter. Oder er meldet sich freiwillig zum Wochenenddienst. Bei Schlechtwetter. Da schickt er dann einen jungen Kollegen zu einem Würstelstand Bosna holen. Neben dem Leberkäse und der Beamtenforelle gehört die Bosna ja zu den Hauptnahrungsmitteln des österreichischen Beamten, seit sie vor 30 Jahren im Müllner Bräu vom aus Bulgarien stammenden Zanko Todoroff erfunden worden ist. Daran denkt Huber jetzt, wie er an diesem strahlend blauen Morgen vor seinem Haus steht. Am 1. März. Er pfeift die ersten Takte der Marseillaise und geht dann in die Garage. Mit einer kleinen Schüssel kommt er wieder heraus. „Ja, alle sind sie weg“, sagt er, „nur du bist geblieben.“ Er bückt sich. „Mon Général“, sagt Huber und stellt Napoléon die Schüssel mit dem Dosenfutter vor die Nase. Dabei hat der sich gar nichts aus der Marseillaise gemacht, denkt sich Huber. Unter Napoleon war das Kriegslied „Le chant du Départ“ die Nationalhymne Frankreichs. Aber das kann ich nicht pfeifen. Und dem Vieh ist es egal.

Im Büro ruft er dann sofort Édith an: „Sag mal, wo du doch aus Grenoble bist – kannst du eigentlich Ski fahren?“

„Bien sûr!“, antwortet sie.

„Dann nimm dir doch eine Woche frei und komm her, sobald du kannst.“ Das habe ich mich jetzt getraut, denkt sich Huber.

„Ich rufe dich vor dem Feierabend zurück“, meint sie nur.

Er blättert wieder im Nice-Matin. Den liest er jetzt immer im Büro – dienstliche Lektüre quasi. Am Nachmittag ruft sie zurück.

Ausgemacht war, dass sie anruft, vom Salzburger Hauptbahnhof aus. Wegen dem Abholen. Gekommen ist sie aber mit dem Taxi. Ohne Anruf. Im Haus umarmt sie ihn dann wie selbstverständlich. Später zeigt er ihr die Stadt, sie gehen durch die Fußgängerzone, hinauf zur Festung. Er kauft heiße Maroni. Sie trinken Glühwein. Am Abend kocht Martin. Geselchtes mit Semmelknödel und Kraut. Seine ersten Semmelknödel seit dem Kochkurs.

„Im Zug habe ich in einer Zeitschrift österreichische Kochrezepte gesehen – alle mit Kraut", sagt sie mit vollem Mund und schneidet den zweiten Semmelknödel in der Mitte auseinander. „Hemingway hatte recht. Ihr Österreicher seid Krauts. Schmeckt übrigens prima."

Martin schenkt ihr Bier nach.

„Das Geheimnis ist die angebräunte Zwiebel", meint er.

Napoléon sitzt auf dem Boden, neben dem Sessel von Édith. Jede Bewegung ihres Messers und ihrer Gabel verfolgt er. So geht sein Kopf ständig hin und her. Manchmal greift sie hinunter und krault ihn. Einmal gibt sie ihm ein kleines Stück vom Geselchten. Er war sofort zutraulich bei ihr, obwohl er sie heute zum ersten Mal gesehen hat, denkt sich Huber. Um Paul Newman macht er heute noch einen großen Bogen, obwohl er ihn seit Jahren kennt. Nach dem Essen bringt Martin zwei Stamperl mit Schnaps.

„Ah, Woschelbäär", sagt sie. „Santé!"

„Ja, Woschelbär", sagt er. „Santé!"

Nach der Flasche Madiran, die sie auch noch getrunken haben, kommt dieser in der gesamten so genannten zivilisierten Welt gefürchtete Was-jetzt-Moment. „Also gehen wir jetzt schlafen", sagt man da zum Beispiel. Huber ist da keine Ausnahme: „Ich zeige dir jetzt dein Zimmer", steht er auf und geht mit ihr in den ersten Stock, mit der Reisetasche, die noch immer im Flur gestanden ist, in der Linken. „Früher das Zimmer von meinem Sohn. Gleich nebenan ist das Bad. Ist frei – ich nehme das unten. Ich schlafe dort, wenn du was brauchst", sagt er, mit der Rechten auf die weiße Tür mit dem grünen Poster deutend. „Gute Nacht", sagt er auch noch.

„Bonne nuit", sagt sie und verschwindet im Badezimmer.

Huber ist nach zehn Minuten wieder oben, geht in sein Schlafzimmer und hat endlich seinen Pyjama an, da kommt sie zur Tür rein, ohne zu klopfen, nur im Slip, schaut sich kurz um, geht rasch zu einem Sessel, wo ein kariertes Flanellhemd von Martin liegt. Zieht es an. Es geht ihr bis zu den Knien. Erst dann umarmt sie ihn.

„Komm, Übär", sagt sie und zieht ihn auf das Zirbenbett.

Beim Ski fahren erzählt sie ihm auf der Schmittenhöhe von den Problemen, die man als Frau im Polizeidienst hat. „Es gibt bei uns noch nicht sehr lange Frauen bei der Polizei, wie du weißt. Ich war bei einem der ersten Lehrgänge dabei. In Südfrankreich bin ich wahrscheinlich die dienstälteste und ranghöchste Frau. Ich, die kleine Inspektorin. Mit Mitte dreißig."

„Zweimal Pinzgauer Kaspressknödel mit Kraut und zwei Bier", sagt Huber zur Kellnerin. Und zu Édith: „Da unten ist Sutter aufgewachsen."

Er zeigt auf die kleine Stadt am Zeller See hinunter.

„Schöne Gegend", sagt sie. „Und dieses Wetter. Nicht die kleinste Wolke. Nur Sonne, seit wir da sind. Wahnsinn!"

„Und von da drüben“, zeigt Martin mit der Linken über die Berge, „da komme ich her.“

„Da möchte ich mit dir einmal hinfahren“, schaut sie ihn an. „Aber ich war beim Polizeidienst in Südfrankreich. Gerade im Süden ist es natürlich heftig. Da schickt dich der eine Kollege kopieren, der andere klopft dir beim Kopierer auf den Hintern. Ich suche mir aber den gerne aus, der mir auf den Hintern klopfen darf. Wenn du dem Kerl eine Ohrfeige gibst, bist du deinen Job los. Wenn du dich beschwerst, behaupten sie, dass nichts war, aber du das wohl gerne hättest. Dabei mache ich Krafttraining, schneide mir die Haare wie ein Bursche und kleide mich auch so. Das kannst du echt vergessen.“

Sie atmet kräftig durch die Nase aus. Die Knödel schmecken ihr sichtlich. „Also euer Essen hier. Da nehme ich ja jeden Tag ein Kilo zu. Heute Abend koche ich. Was ganz Leichtes. Ich brauche nur noch in ein Geschäft, wo es Gemüse gibt. Was ich noch sagen wollte, dann höre ich mit dem Thema Polizei schon wieder auf: Überhaupt wird man bei dem Verein als Frau behandelt wie der letzte Dreck. Nur der ärgste Mist wird dir übertragen. Die unlösbaren Fälle sowieso. Somit hast du keinen Erfolg, wirst belächelt und nicht befördert. Oder warum glaubst du, dass ich für den Fall Sutter abgestellt worden bin? Weil man es einem männlichen Beamten im höheren Dienst nicht zumuten kann, Ratschläge von einem Ausländer anzunehmen. Schon gar keinem Südfranzosen. Bei dir hören sich übrigens Ratschläge wie Befehle an.“

„Das ist nicht Absicht“, sagt Huber.

„Mais oui!“, lacht sie. „Jedenfalls habe ich sie mir anders vorgestellt, meine Karriere bei der Exekutive. Aber ich bin ja selber schuld. Du hast mich in Nizza zwar ein paar Mal gefragt, warum ich bei der Polizei gelandet bin, aber irgendwie sind wir dann immer vom Thema abgekommen. Über alles Mögliche haben wir stundenlang geredet, nur darüber kein Wort. Komisch, nicht? Mit 22 habe ich mich in einen kanadischen Skirennläufer verliebt. Ich habe das Jusstudium geschmissen und bin mit ihm in ein Nest in den kanadischen Bergen und dann nach Quebec gezogen. Mit 25 war ich wieder in Grenoble. Ohne Illusion. Ohne Motivation. Ohne Geld. Ohne Ausbildung. Die Polizei hat damals ziemlich aufgestockt, nach dem Pariser Mai. Die ersten Frauen wurden eingestellt, Studienabbrecherinnen erwünscht, Rechtswissenschaften bevorzugt. Die Mindestgröße habe ich erreicht, weil sie Leute gebraucht haben und ich mich ein bisschen auf die Zehenballen gestellt habe."

„Ich auch", lacht Huber. „Komisch, die Steffi sagt auch immer, dass ich nicht einmal bitte sagen kann."

„Wer ist Steffi?", fragt sie mit erhobenen Brauen und versucht im Sitzen einen Eiszapfen abzubrechen, von dem es dauernd auf die hölzerne Sitzbank tropft.

„Bist du eifersüchtig?", fragt er grinsend und langt nach dem Eiszapfen. „Warte, ich hab ihn gleich", sagt er, „du bist zu kurz."

„Wir sehen uns nur ab und zu", meint sie. „Weiß ich, was du die übrige Zeit machst?"

„Das weiß ich aber auch nicht", meint er. „Du bist jung, ein bisschen frech und sehr hübsch, mit deiner Stupsnase. Und geistreich sowieso."

„Was so ein Frühlingstag ausmacht", sagt sie, „Capitaine Übär macht Komplimente. Wer hätte das gedacht? Und du bist übrigens auch nicht groß, Übär."

„Nicht lang, hat Napoleon zu diesem Thema gesagt."

„Was – dein Kater?"

„Nein, euer Kaiser! Steffi ist die, die ich von deinem Büro aus immer angerufen habe. Den Namen hast du hundertmal gehört. Meine Assistentin. Eigentlich unsere Assistentin. Ich muss sie mit dem Major Maulwurf teilen. Leider. Eine Perle, die Steffi. Eine erstklassige Kraft."

Er zahlt und sie steigen wieder in ihre Skibindungen. Huber meint: „Na ja, im Nachhinein gesehen bin ich ganz froh, dass man mir keinen alten, dicken Kommissar, sondern eine junge, kleine Inspektorin zur Seite gestellt hat", und fährt los.

Sie formt schnell einen großen Schneeball und trifft ihn damit mitten im Genick. Sie fahren dann ohne Pause die schwarze Abfahrt bis ins Tal hinunter. Martin hat Mühe, dass er mithalten kann.

„Es ist schon seltsam", sagt sie unten, „dass einem wie dir von Frauen immer wieder geholfen wird."

Es ist schon seltsam, denkt sich Huber, wie plötzlich so ein Schmerz in der linken Brust wieder verschwinden kann.

Am Abend stellt Huber das Auto vor seiner Garage ab. Édith steigt aus und trägt den großen Papiersack mit Gemüse ins Haus. Martin nimmt die Skier aus dem Auto und bringt sie in die Garage. Er sieht, wie sich am Küchenfenster vom Schuldirektor der Vorhang bewegt. Jetzt werden sie sich das Maul zerreißen, denkt er sich.

SCHLOSS AMBÜHL BEI LUZERN

An diesem Märztag mit strahlend blauem Himmel schaut Martin Sutter durch das Fenster auf den Pilatus hinauf. Seit fast sieben Wochen arbeitet er jetzt schon auf Schloss Ambühl. Heuer hat er das Mimosenfest in Bormes-les-Mimosas wieder versäumt. Seit 1920 werden in dem kleinen Dorf am dritten Sonntag im Februar der Frühlingsanfang und die gelbe Blütenpracht der Mimosen groß gefeiert. Zweimal war er schon dabei. Das hat ihn ja immer fasziniert, dass man an der Côte d'Azur mitten im Winter durch blühende Mimosenwälder wandern und danach am Strand in der Sonne unter Palmen einen Pernod trinken kann. In einer Jahreszeit, in der er in seiner Kindheit im Pinzgau in einer viel zu kleinen Strickjacke und rissigen Pelzstiefeln durch kniehohen Schnee im Morgengrauen Richtung Schule und am Nachmittag wieder nach Hause gestapft ist. Und ständig nur gefroren hat. Schon damals hat er vom Meer geträumt. Aber jetzt will er nicht mehr an seine Kindheit denken. Er überlegt, was in den letzten Wochen passiert ist. Knapp vier Wochen nach seinem Dienstantritt hat es im Schloss ein kleines Fest zu Ehren von Hans Urs Loosli gegeben. Seine erste größere Aufgabe. Es war ein voller Erfolg. Hauptsächlich für wohlhabende Jäger aus der Zentralschweiz, Freunde des Verstorbenen. Das ist natürlich keine Kunst. Da braucht man ein deftiges Essen, Bier vom Fass, echten Bauernschnaps, mittelmäßigen Rotwein, freche, vollbusige Kellnerinnen, die sich von den besoffenen Ehrenmännern auf den Hintern hauen lassen, und ein bisschen Musik vielleicht. Gestern war das zweite Fest. Ein großes diesmal. Es war ein noch größerer Erfolg. Mit einflussreichen Gästen aus allen Teilen der Schweiz. Heidi Ambühl hat bekannt gegeben, dass ab heuer auf dem Schloss regelmäßig Benefizkonzerte abgehalten werden. „Spenden sind erwünscht. Für arme Schweizer. Auch die gibt es“, hat die Schlossherrin mit ernstem Gesicht gesagt und dann von dem neuen Spendenkonto erzählt, auf das sie fünf Millionen Franken einzahlen hat lassen. Für die Bewirtung der Gäste kommt selbstverständlich auch in Zukunft Frau Ambühl auf, wurde dann noch klargestellt. Und dass Frau Ziegler die Musiker organisiert. Und Herr Skoff die Veranstaltungen. „Verehrte Gäste, liebe Freunde! Ambühl wird wiederbelebt – zugunsten der Bewohner unserer wunderschönen Region!“, sagt die Schlossherrin am Ende ihrer Rede. Der Erlös kommt vor allem Familien mit kranken Kindern oder einem kranken Ernährer sowie alten Menschen mit niedrigem Einkommen rund um den Vierwaldstättersee zugute, haben die Gäste auch noch erfahren. Karten mit dem Spendenkonto sind dann von zwei Serviererinnen beim Ausgang verteilt worden. Unaufdringlich. Die Ambühl will ein ganz kleines bisschen von dem gutmachen, was ihre Vorfahren am einfachen Volk verbrochen haben, hat sich Sutter gedacht, wie er das gehört hat. Momentan liegt Martin Sutter alias Manuel Skoff auf seinem Bett in seiner Garçonnière in dem Trakt des Schlosses, in dem die Bediensteten wohnen. Heute hat er frei. Die Aufräumarbeiten machen die Hilfskräfte unter Aufsicht des Hausmeisters. Am frühen Abend muss er zu Frau Ambühl, um über die Aufstockung des Weinvorrates zu sprechen, fällt ihm ein.

Der aus dem französischsprachigen Teil der Schweiz stammende Sekretär von Frau Ambühl hat ihn sofort eingestellt, nachdem er ihm ein paar Stationen seiner Karriere in der Gastronomie aufgezählt hat – auf Französisch. Ein komisches Gesicht hat dieser Kerl, hat Sutter sich damals gedacht. Das mit dem Barkeeper hat er dann weggelassen. Dafür hat er ihm erzählt, dass er sich zuletzt in Österreich als selbständiger Weinhändler versucht, sich das aber anders vorgestellt hat. Das Zeugnis über die erfolgreich abgeschlossene Sommelier-Ausbildung war ebenso gefälscht wie alle anderen Papiere. Seither liest Sutter nur noch Bücher über Wein. In jeder freien Minute. Zeitschriften auch. Ja, ein kurzes Gespräch hat es vor der Zusage noch gegeben, mit der Schlossherrin. Darüber denkt er jetzt nach, auf seinem Bett, mit hinter dem Kopf verschränkten Armen. „Fuchsgesicht" nennen die Angestellten den Sekretär. Das passt. Das Fuchsgesicht ist nicht beliebt. Er ist distanziert, streng, undurchschaubar. Er versteht keinen Spaß. Die Angestellten weichen ihm aus. Die meisten kriegen es mit der Angst, wenn sie zu ihm gerufen werden. Nicht jeder kommt dann zurück. Er regiert mit eiserner Faust. Seit Hans Urs Loosli tot ist, hat die Belegschaft niemanden mehr, an den sie sich wenden kann, wenn das Fuchsgesicht wieder einmal hart durchgreift. Heidi Ambühl mischt sich so gut wie gar nicht ein. Sie überlässt das alles ihrem Sekretär.

Jetzt sitzt Sutter vor ihr. Heidi Ambühl freut sich wirklich darüber, dass das gestrige Fest so gelungen ist. Sutter merkt ihr das an. Sie unterhält sich lange mit ihm. Er hat immer wieder direkten Kontakt mit ihr, weil das Fuchsgesicht für die leiblichen Genüsse nicht zuständig ist. Zum Glück.

Am Schluss erzählt sie ihm noch, dass Michelle nicht Ski fahren kann und außerdem mit ihrer Formation für die nächste Konzertreihe proben muss. „Deshalb kann sie nicht nach St. Moritz mitkommen“, erklärt Frau Ambühl. Und dass sie aber jetzt Lust hat, ein paar Tage Ski fahren zu gehen, sagt sie. „Frühlingsskilauf – wie früher.“

Sutter weiß, was jetzt kommt und stimmt ihr zu, dass man das schöne Wetter nützen sollte. Wenn es läuft, dann läuft es, denkt er sich.

„Da Sie aus Österreich kommen, können Sie wahrscheinlich Ski fahren, oder?“, fragt ihn seine Chefin.

„Ja, sicher“, antwortet Sutter.

„Dann begleiten Sie mich bitte. Sie fahren den Wagen. Wir nehmen den Kleinen. Rückkehr je nach Wetterlage.“

Sutter strahlt. An die komme ich schneller ran, als ich geglaubt habe, denkt er sich.

FRÜHLING IN NIZZA

Huber fliegt von München-Riem aus. In der Flughafenhalle stehen fast mehr Polizisten als Fluggäste herum. Überhaupt siehst du in Deutschland an jeder Ecke einen Polizisten, seit der Rechtsstaat den Kampf gegen die RAF aufgenommen hat. Da sieht es bei uns noch ganz anders aus, denkt sich Huber. Gott sei Dank.

Endlich geht er wieder die Treppe in der Polizeidirektion Nizza hinauf, zum Büro von Mounier. Huber stellt eine Umhängetasche von einer Fluggesellschaft ab, öffnet den Reißverschluss und nimmt eine Flasche heraus. Er stellt sie ihr auf den Schreibtisch. Auf dem Etikett stehen Namen und Adresse der Brennerei in Salzburg und: *VOGELBEER 1977.*

„Merci", sagt sie.

„Ich habe nicht darauf vergessen", sagt Huber. „Aber mein Schnapsbrenner hat sich monatelang geziert. Weil es letzten Sommer keine Vogelbeeren gegeben hat. Wegen dem schweren Hagel. Das ist einer vom vorvorigen Jahr. Zu Hause habe ich auch nur noch eineinhalb Flaschen. Eiserne Reserve. Muss schon auf Hollerschnaps zurückgreifen, im Alltag. Wird Zeit, dass ich mich umhöre. Es gibt ja noch andere gute Brenner. Hoffentlich."

Bei einem Kaffee schauen sie noch einmal die dürftigen Ermittlungsergebnisse der Sonderkommission durch, die sich eigentlich längst wieder aufgelöst hat. Nach Sutter suchen die nur noch so nebenbei. Wenn überhaupt.

„Ein Frühling ohne Fahndungsergebnisse", sagt Huber. „Kein Vogelbeer aufzutreiben, kein Sutter zu finden."

Gefunden haben sie dann in den nächsten Tagen traumhaft duftende Blüten an jeder Ecke, auf ihren langen Spaziergängen zu zweit. Aber wenn du frisch verliebt bist, findest du ja bald einmal etwas traumhaft.

„Keine Spur von unserem Don Juan“, sagt die Mounier dann plötzlich einmal, unter einem riesigen Strauch mit hellvioletten Blüten, von dem beide nicht wissen, wie er heißt. Dabei ist sie nahe dran am Sutter. Also theoretisch. Aber das kann sie nicht wissen, hier unter dem blühenden Strauch, ungefähr zwanzig Autominuten von Sutters Appartement entfernt. Da hat sie doch glatt das Hotel in Monaco ausfindig gemacht, in dem Sutter vor Jahren gearbeitet hat und ist hingefahren. Der Empfangschef hat sich noch gut an den jungen Barkeeper, mit dem er so manchen Drink genommen hat, erinnern können.

„Der sympathische Österreicher“, hat er zu Mounier gesagt.

Die restliche Mannschaft war inzwischen längst ausgetauscht. Inklusive Management. Der Rezeptionschef hat ihr dann erzählt, dass es für Sutter etwas ganz Großes war, in Monaco einen Wohnsitz zu haben.

„Diese Leute hat er immer bewundert“, hat der Chefportier gesagt.

Daraufhin hat Mounier wirklich alle männlichen in Monaco gemeldeten Personen mit den Initialen M.S. im Alter von 25 bis 45 Jahren überprüfen lassen. Nationalität egal. Negativ! Bisher. Gleichzeitig hat sie Kriminalbeamte mit Fotos von Sutter losgeschickt. Zu allen Vermietern, Maklern und so weiter. Bisher negativ! Aber all das erzählt sie dem Huber jetzt nicht, unter den hellvioletten Blüten. Noch nicht. Soll eine Überraschung werden, wenn die erste heiße Spur auftaucht. Wenn!

BÜRO OBST. SEISS, KA II, LGKDO SALZBURG

„Leere Kilometer, Huber!“, haut der Oberst mit seiner riesigen Faust auf die dicke Schreibtischplatte.

Dass ich Idiot ihm jedes Mal einen halbwegs wahrheitsgetreuen Bericht liefere – mir ist wirklich nicht zu helfen, denkt sich Huber.

„Der Minister will endlich Ergebnisse sehen, hat dieser Kofferträger aus Wien vorgestern am Telefon gesagt. Wegen Ihnen muss ich mich von diesem Schnösel von Vizekabinettchef ständig blöd anreden lassen, Huber. Ich! Von einem Bleistiftspitzer! Der keine Ahnung von Polizeiarbeit hat. Nur weil Sie nicht imstande sind, wenigstens einen kleinen Fahndungserfolg mitzubringen. Kann ja nicht so schwer sein. Überhaupt frage ich mich, Huber, was Sie da die ganze Zeit machen, in Südfrankreich. Ständig fliegen Sie dorthin. Aber nichts! Machen Sie da vielleicht Ferien?“, hebt der Dicke seinen rechten Arm.

Huber duckt sich ein bisschen, weil in ein, zwei Sekunden wird die schwere Tischplatte zittern.

„Zum Donnerwetter, Huber!“, zittert die schwere Tischplatte, „Sie fahren nur noch auf meine ausdrückliche Anweisung dorthin. Sie Steuergeldverschwender!“

Steuergeldverschwender – das hat sicher der Vizekabinettchef dem Alten an den Kopf geworfen, denkt sich Huber und zählt seine Nizza-Besuche zusammen. Die paar Mal! Aber den nächsten Flug wird er selbst bezahlen, überlegt er. Und sich ein paar Tage freinehmen. Édith war ja noch einmal für vier Tage in Salzburg, erinnert er sich, während der Oberst weiterschimpft. Zum Frühlingsskilauf am Kitzsteinhorn. Am Abend sind sie dann immer im Wohnzimmer beim Wein gesessen. Einmal war sogar sein Sohn da – mit Freundin. Das hat Huber besonders gefreut. Und einmal war der Franz da. Sie haben besprochen, dass er sich heuer auch um den Garten kümmern soll. Rasenmähen und solche Sachen. Der hat sich prächtig verstanden mit Édith. Dabei kann der kein Wort Französisch. Und sie natürlich kein Deutsch. Aber wie der Martin im Keller war, Wein und Bier holen, hat er gehört, wie sie im Wohnzimmer geredet und gelacht haben. Irgendwie haben die sich auch verständigt, wenn er als Dolmetscher nicht dabei war. Und Napoléon mittendrin.

Während sein feister Chef tobt, läuft in Hubers Kopf eine Szene noch einmal ab. Wie er ihm noch ein Bier hinstellt, sagt der Franz plötzlich: „Der Anwalt meint, ich sollte heuer um vorzeitige Tilgung einreichen. Sobald die Vorstrafe gelöscht ist, mache ich mich mit Einbruchsicherungen selbständig. Das hat Zukunft, sage ich dir. Die Einbrüche nehmen zu."

„Gute Idee", meint Martin und schenkt ein. „Tut mir leid, dass du dein Knie immer noch spürst."

„Vergiss es", sagt Franz. „In der Zeit haben wir große Pläne gehabt, mein Kumpel und ich. Banken und so. Du hast mich früh genug erwischt. So bin ich gerade noch mit einem blauen Auge davongekommen. Der Richter war ja nur so mild, weil du mich fast zum Krüppel geschossen hast, damals. Und ich bin mir sicher, dass er mir als einziger geglaubt hat, dass du den Warnschuss erst nachher abgegeben hast. Aber er hat dir natürlich nichts anhängen können. Einem Offizier der Kriminalabteilung mit den übereinstimmenden Aussagen von vier Uniformierten. Und die haben ja wirklich zwei Schüsse gehört, kurz hintereinander. Ob ich nach dem ersten oder erst nach dem zweiten Schuss gefallen bin, das haben sie in der Dämmerung vielleicht wirklich nicht mitbekommen. Oder nicht sehen wollen. Man ist ja kein Kollegenschwein. Und legt sich nicht mit einem leitenden Beamten an, wegen einem kleinen Einbrecher."

„Ja, die blöde Vorschrift ist mir erst nach dem ersten Schuss wieder eingefallen", sagt Martin.

„Vergiss es", winkt Franz ab. „Ohne dich wäre ich jetzt vielleicht schon genauso tot wie mein damaliger Kumpel, oder noch zehn Jahre im Häfen." Franz hält ihm den Bierkrug hin und stößt mit Martin an. Dann mit Édith. Napoléon schaut von einem zum anderen. Martin ist erleichtert. Wirklich.

Heute Morgen hat Heidi beim Köpfen des weich gekochten Eies gesagt, dass sie keine Lust zum Ski fahren hat, fällt Sutter ein, wie er den Blick von Chantarella ins verschneite St. Moritz genießt.

„Nach einem ganzen Tag auf den Skiern brauche ich eine Pause", hat sie gemeint, wie sie Butter auf das Toastbrot geschmiert hat.

Heidi steht jetzt neben ihm. Sie haben eine lange Wanderung gemacht. Nach der Rückkehr in Heidis Chalet gehen sie in die Badezimmer. Zwei Stunden später startet Sutter den weißen Lancia Fulvia Coupé mit den Skiträgern. Sie essen in einem Luxusrestaurant in St. Moritz-Dorf. Der Haushälterin hat Heidi heute freigegeben. „Wie kommt es, dass ein Mann wie Sie bei mir in der Provinz Besäufnisse für Jäger und Wohltätigkeitsveranstaltungen ausrichtet?", hat Heidi ihn beim Aperitif plötzlich gefragt.

Sutter erzählt Heidi von seiner Jugend ohne Eltern, von der Armut, von der Sprachlosigkeit auf dem Land in der Nachkriegszeit, von einigen Arbeitsplätzen und dass er hohe Spielschulden hat. Ja, dass er spielsüchtig war. Roulette, Poker, Blackjack, Schnapsen, Watten, alles. Und welche Qualen er durch diese Suchtkrankheit durchlitten hat. Und dass ihn niemand verstanden und ihm niemand geholfen hat. Und dass er deshalb mit seinem Weinhandel in Wien Pleite gemacht hat. „In Österreich warten jahrelange Rückzahlungen auf mich", lügt er mit gesenktem Kopf und presst die Lippen aufeinander. „Mir ist alles über den Kopf gewachsen. In der Tat, ich habe mich feige aus dem Staub gemacht", schaut er jetzt ganz verzagt. „Aber damit muss ich selber fertig werden."

Heidi schaut milde: „Ich kann Sie gut verstehen. Wenn Sie Hilfe brauchen – sagen Sie es mir.“

Darauf hat Sutter gebaut. Das Kommunikationstalent. Der Frauenversteher. „Jetzt möchte ich aber gerne mehr über Sie wissen“, lächelt er später noch etwas vorsichtig und prostet Heidi mit seinem Weißweinglas zu.

Ausführlich erzählt sie ihm von ihrer Kindheit. Von der sehr christlichen und sehr strengen Erziehung. Ein Einzelkind mit einem überaus dominanten Vater. „Mein Vater hat vielen Menschen Arbeit gegeben, aber auch viele Menschen ausgenützt“, sagt sie einmal. Sie erzählt, wie er es mit harter Hand von ererbtem Wohlstand zu großem Reichtum gebracht hat. Von seiner Unbeugsamkeit. Seiner Allgegenwärtigkeit. Ihrem von der Außenwelt ziemlich abgeschirmten Dasein auf dem Schloss. Und sie erzählt viel von Hans Urs. Dem Mann mit den vielen Talenten. Dem Genießer. Dem Jäger. Dem Künstler. Dem Gönner. Dem Mann mit der Nase für den Wein und für das Geschäft. Der etwas von ihrem Vater hatte, aber doch ganz anders war. Der mit seinesgleichen beinhart verhandelt hat, aber immer ein Herz für die kleinen Leute gehabt hat. Und der viele junge Menschen gefördert hat. Michelle zum Beispiel. „Michelle bedeutet mir sehr viel“, mehr sagt sie nicht über Michelle Ziegler. Irgendwie kommt sie auch auf ihren Sekretär oder Verwalter zu sprechen. Den hat auch Hans Urs auf das Schloss gebracht, erfährt Sutter jetzt. „Ich weiß, dass niemand auf dem Schloss das Fuchsgesicht mag“, lächelt sie. „Hans Urs hat damals gesagt, dass er ihn braucht, um die Geschäftsführer unserer Betriebe in den Arsch zu treten. Ja, so hat der Hans Urs geredet“, schaut sie jetzt ein bisschen verlegen. „Und um Konditionen herauszuhandeln, bei den Banken zum Beispiel, oder bei den Zulieferern. Der Hans Urs hat dann da und dort wieder ein Stück nachgeben und den großen Gönner spielen können, mit einem Glas Rotwein in der Hand. Hans Urs hat immer gesagt, dass man dem Fuchsgesicht nicht über den Weg trauen kann, aber dass er eine Geldvermehrungsmaschine ist."

„Halten Sie ihn für loyal?", fragt Sutter mit der Gabel in der Hand. Kastanienreis zum Dessert.

„Niemals wird er die Hand beißen, die ihn füttert, hat Hans Urs immer gemeint. Oder: Auf keinen Fall wird er an dem Ast sägen, auf dem er sitzt", hebt sie ihr Rotweinglas und sagt: „Ich bin die Heidi." Mit einem ganz sanften Lächeln.

Michelle geht vor dem Frühstück joggen, wie fast jeden Tag. „Musiker müssen sich fit halten", sagt sie. Oder: „Jimmy Carter läuft auch."

Sutter muss sich eine Strategie zurechtlegen. Wird langsam Zeit, an die Ernte zu denken. Und das Vergnügen kommt zu kurz, in letzter Zeit. Habe schlecht geschlafen heute, fällt ihm wieder ein, wie er ins Freie tritt. Beim Gehen kann ich besser denken, als beim Schwimmen, sagt er sich. Er geht und raucht. Sie treffen sich bei den drei Linden. Michelle geht ein Stück mit ihm. Er erzählt ihr, dass er über seine Zukunft nachdenkt. Und das stimmt sogar. Dann bleiben sie stehen. Martin Sutter alias Manuel steht knapp vor Michelle, gut einen Kopf größer als sie. Eine Weile unterhalten sie sich noch. Sie schaut an ihm vorbei, auf die Rigi hinauf, dann wieder in seine blauen Augen. „Du siehst so schrecklich männlich aus", sagt sie, „aber du bist gar nicht so."

Er hebt langsam die rechte Hand, Richtung Michelles linker Schulter. Sie tritt einen Schritt zurück. „Ich möchte Heidi nicht wehtun", sagt sie leise. „Seit ihr aus St. Moritz zurück seid, hat sich Heidi verändert. Ihre leise Schwermut ist verschwunden. Du tust ihr gut, wie es scheint. Ich habe mit ihr auch darüber gesprochen. Sie kann tun und lassen, was sie will, habe ich ihr damals sofort gesagt. Ich bleibe bei ihr – hier auf dem Schloss. Sie ist da ein bisschen verzopft, aber ich habe ja auch ein Leben außerhalb des Schlosses." Dann läuft sie weiter.

Heidi fliegt am Nachmittag wegen einem Designauftrag nach Paris. Der Termin ist kurzfristig hereingekommen. Diesen Auftrag will sie unbedingt haben. Sie fliegt alleine.

Sutter hat eine Benefizveranstaltung vorzubereiten. Michelle kann nicht mitkommen, weil sie übermorgen mit ihrer Formation ein längst ausverkauftes Konzert in Zürich gibt. Morgen haben sie die letzte Probe.

Am Abend essen Michelle und Sutter eine Kleinigkeit. Nach dem Essen fragt sie Martin alias Manuel, ob er ihr beim Üben im Probenraum zuhören möchte. Sie befeuchtet das Blatt, dann spielt sie.

„Du siehst heute aus wie ein Clown", sagt Manuel.

„Das kommt daher", erklärt sie ihm, „weil ich momentan nach dem klassischen Ansatz spiele. Normalerweise spiele ich modern. Beim modernen Ansatz wird die Unterlippe nach außen gewölbt. Das sieht dann eben ganz anders aus."

„Du gehst damit um, als ob das Instrument ein Teil von dir wäre", sagt Sutter leise, mit seinem Whiskey in der Hand. „Wie lange spielst du schon?"

„Angefangen habe ich mit vier – auf der Blockflöte. Dann Flöte, Klarinette, Fagott, Saxophon. An meinem neunten Geburtstag habe ich das erste Konzert gegeben. Querflöte. Im Musikturm einer Genfer Grundschule. Nachher hat meine Lehrerin zu meiner Mutter gesagt, dass sie mir nichts mehr beibringen kann. Jahre später habe ich bemerkt, dass das Saxophon am meisten hergibt. Für mich. Mit einer Klarinette kannst du Musik machen, mit einer Trompete Atmosphäre erzeugen. Aber mit dem Sax kannst du deine Stimmung zum Ausdruck bringen."

„Da hast du es wohl gut erwischt, was deine Eltern betrifft", meint Sutter. „Dass sie dich so gefördert haben."

„Ja freilich. Meine Mutter ist Lehrerin an einer Grundschule und unterrichtet dort auch Musik, ist aber selbst musikalisch unbegabt. Aber sie hat mich natürlich unterstützt. Mein Vater ist Uhrmacher, mit einer kleinen Werkstatt in einem Vorort von Genf. Und Hobbymusiker. Aber hochbegabt. Er spielt Klavier und Ziehharmonika. Und Orgel. In fünf Kirchen, glaube ich. Mit ein bisschen Orgelunterricht, so nebenbei. Nichts sonst. Ja, sein Vater hat ihn zum Klavierunterricht geschickt, als Kind. Ziehharmonika hat er ihm selbst beigebracht. Natürlich hat mein Vater mein Talent gefördert. Meine beiden Schwestern spielen übrigens nicht einmal ‚Hänschen klein'. Die Älteste ist Ärztin im Genfer Klinikum. Ist jetzt die jüngste Oberärztin dort. Die Mittlere ist Historikerin. Hat letztes Jahr ein Buch geschrieben, über das alte Genf. Und beide können nicht einmal ‚Fuchs, du hast die Gans gestohlen' singen. Und ich kann gar nichts. Überhaupt nichts. Außer ein bisschen Saxophonspielen. Was lernen wir daraus? Dass jeder das tun soll, was ihm wirklich liegt? Und alles andere sich von selbst ergibt? Das sagt sich so leicht. Erklär das einmal einem Schichtarbeiter, der schauen muss, wie er seine Familie durchbringt. Und der kein solches Elternhaus gehabt hat."

„Ja, ich weiß", nickt Sutter und denkt sich, dass Michelle unglaublich sexy aussieht, in ihrem schwarzen T-Shirt und mit dem glänzenden Instrument in ihren Händen.

„Und ich habe natürlich auf alles verzichtet", fährt sie ernst fort, „was Mädchen so machen. Spielen, Freunde haben, albern sein, Tagebuch schreiben, Partys feiern. Ich bringe nur Instrumente zum Klingen – seit ich denken kann." Jetzt stellt sie das Saxophon weg und schenkt sich auch einen Whiskey ein. Klingend lässt sie einen Eiswürfel nach dem anderen in das Glas fallen. „Ich denke Musik. Ich fühle Musik. Aber erzähl mir von dir", sagt sie sanft. „Wovon träumst du?"

Am nächsten Morgen zieht Manuel Skoff die Badehose an, darüber den blauen Bademantel und geht hinunter zum Pool. Mit Blick auf den Vierwaldstättersee – durch die riesige Glasscheibe. Er zieht den Bademantel aus und springt in das Becken. Er schwimmt ein paar Längen. Wie fast jeden Tag. Da kommt Michelle barfuß zum Pool und lässt das weiße Sweatshirt mit den blauen Streifen auf den Boden fallen. Dann die Jogginghose. Den Slip. Jetzt ist sie nackt. Sie steigt in das Wasser.

Der Oberst ist jetzt Brigadier. Ist der Sprung nicht mehr so weit – zum Sicherheitsdirektor, hat sich Huber beim Glas Sekt gedacht, das der Alte zu diesem Anlass ausgegeben hat, gleich nachdem er ins Büro gekommen ist. Édith hat am Morgen gesagt, dass sie zwei Karten für das Jazz Festival in Antibes hat, fällt ihm beim zweiten Glas Sekt auch wieder ein. Und das sogar für einen der absoluten Festivalhöhepunkte, am vorletzten Abend.

„Komm doch her, es ist Sommer in Nizza“, hat sie gesagt.

Aber Huber muss Haushaltsgeld einsparen. Die Flüge! Die Preise an der Côte d'Azur! Sein Sohn! Der kommt jetzt auch wieder immer öfter zu ihm, Gott sei Dank. Sie haben ein ganz gutes Verhältnis, inzwischen. Der Junge hat natürlich auch so seine Schwierigkeiten, mit seiner Freundin. Und da erzählt er dem Vater ganz gern, manchmal. Bei einem Bier. Huber freut das natürlich, dass er zu ihm kommt. Und Geld brauchen die jungen Leute ja immer.

„Ja, wenn man zusammenwohnt ist es immer anders, als wenn man sich frischverliebt ab und zu irgendwo trifft“, hat er zu seinem Sohn gesagt, „und wahrscheinlich verstehst du die Frauen genauso wenig wie dein Erzeuger.“

Mit der Akte Sutter in der Hand geht Huber vor dem Mittagessen zum Brigadier und erzählt ihm wortreich und vage von unzuordenbaren Erkenntnissen der Kriminalpolizei Nizza.

„Es ist immer wieder dasselbe, Herr Brigadier“, sagt er. „Ein Südfranzose kann sich eben nicht in ein Pinzgauer Gehirn hineinversetzen. Und dann stehen sie an, dort. Aber wahrscheinlich ist es nichts.“

„Was heißt nichts?“, schaut der Brigadier auf. „Sitzen Sie hier nicht herum und jammern Sie nicht, sondern machen Sie diesen Lebemännern in Südfrankreich Beine! Wir müssen jeder Spur nachgehen. Wo bleibt Ihr Elan? Und berichten Sie mir gefälligst aus Nizza.“

„Da wäre noch was, Herr Brigadier“, fängt Huber noch einmal an, „die Beförderung zum Major ist eigentlich…“

Unterbricht ihn der Brigadier: „In dem Moment, wo Sutter hier in Handschellen vor mir sitzt, sind Sie Oberstleutnant, Huber.“

„Sie meinen Major, Herr Brigadier?“

„Reden Sie keinen Unsinn, Huber! Ich kenne die Dienstgrade. Den Major überspringen wir. Und den Sutter fangen wir. Ist doch lächerlich. Also, die Zeit drängt. Wenn Sie mir diesen Sutter bis Martini nicht fangen, dann bleiben Sie bis zu Ihrer Pensionierung Hauptmann, das sage ich Ihnen!“

Klar, denkt sich Huber, die Kandidaten für den Posten des Sicherheitsdirektors werden Mitte November endgültig festgelegt. Wenn ich Sutter bis dahin nicht habe, dann bleibt der dicke Brigadier hier bis zu seiner Pensionierung Brigadier. Und kann sich seine Befehle beim neuen Sicherheitsdirektor abholen.

Zum Essen ist Huber dann in die Polizeikantine gefahren. Da fährt er oft hin, weil es nur ein paar Minuten mit dem Auto sind. Und der Kassiererin ist es egal, ob ihr ein Polizist oder ein Gendarm die lauwarmen Schinkenfleckerl mit Salat bezahlt, zum Beispiel. Dort trifft er immer Kollegen vom Pistolenschießen. Die lachen schon, wenn sie ihn sehen. Da sagt dann zum Beispiel einer: „Mahlzeit Huber! Du, an der Côte d’Azur ist ein größerer, jüngerer

Mann mit deutschem Akzent gesehen worden, habe ich gehört. Da wird sich für dich kein Nachtisch mehr ausgehen heute. Da musst du sicher mit der nächsten Maschine nach Frankreich, wie ich deinen Chef kenne."

„Haha", dann die anderen Idioten.

JAZZ À JUAN

JAZZ FESTIVAL ANTIBES JUAN-LES-PINS 13.–22. JUILLET 1979 steht auf dem riesigen Transparent über der schmalen Zufahrtsstraße zum Nobelstrandbad.

„Und das unter freiem Himmel!“, sind die letzten Worte von Huber. Dann sagt er lange nichts mehr. Er hört nur noch zu.

Das Pianosolo von Keith Jarrett war bei Gott nicht schwach, denkt er sich, wie sie nach dem Konzert Richtung Ausgang gehen. Und der Rempler von Édith Mounier in seine linke Flanke auch nicht. Sie deutet in die Menschenmenge, die vor ihnen zum Ausgang strömt. Huber sieht nicht richtig. Das ist ein Scheinwerfer, der ihn blendet.

„Da“, sagt sie, „das könnte unser Mann sein.“

Jetzt sieht Huber direkt beim Ausgang vorne gerade noch einen großen, jungen Mann in einem weißen Anzug und mit ziemlich kurzen, hellen Haaren, wie er einer mittelgroßen Dame mit schulterlangem, dunklem Haar den rechten Arm um die Schulter legt und mit ihr durch das Tor geht. Rechts von der dunkelhaarigen Dame geht eine zierliche junge Frau, die zu den anderen etwas sagt, kommt es Huber vor. Nachher sagt die ältere Frau dem jungen Mann etwas ins Ohr, scheint es. Dann sind sie weg. Alle drei. Außer Sichtweite. Huber packt Édith am rechten Oberarm und drängt energisch ein, zwei Dutzend Leute weg. Die haben gerade noch so geschaut, wie man bei so einem Anlass eben schaut: Lächelnd, weltoffen, verständnisvoll, tolerant, menschenfreundlich. Bei so einem Festival! In so einer Umgebung! Jetzt schauen sie aber plötzlich ganz anders, wie der Huber mit ausgefahrenem Ellbogen durch die Reihen marschiert. Und bei den Schimpfwörtern halten sie sich auch nicht zurück, Richtung Huber. So schnell verfliegt eben so eine gehobene Stimmung.

Huber ist dann draußen auf dem Parkplatz wie wild hin und her gelaufen, durch die in alle Richtungen davon strömende Menschenmenge hindurch, zwischen den parkenden und den losfahrenden Wägen durch, hat da und dort bei der Seitenscheibe hineingeschaut, oder bei sonst einer Scheibe, hat weiter Fußgänger angerempelt, dass viele nur noch den Kopf geschüttelt haben. Ein paar Autofahrer, die gerade losfahren wollten, haben abrupt anhalten müssen, weil ihnen ein Mann in einer braunen Lederjacke vor den Wagen gesprungen ist, sich dann mit beiden Händen auf der Motorhaube abgestützt und durch die Windschutzscheibe gestarrt hat. Einer hat die Seitenscheibe hinuntergekurbelt und ihn gefragt, ob er noch ganz dicht ist. Da ist der Huber direkt grob geworden, hat den Fahrer alles geheißen und dabei einmal mit der linken Faust auf das Autodach geschlagen. Der hat das Fenster aber schnell wieder hinaufgekurbelt und ist losgedüst, dass der weiße Kies nur so davon gespritzt ist. Nach weniger als zehn Minuten hat Huber erkennen müssen, dass er Sutter verloren hat.

So hat er sich das Jazz Festival in Antibes im Juli 1979 eigentlich nicht vorgestellt, denkt er sich jetzt, wie er schnaufend auf dem Rückweg Richtung Bühnenausgang ist und Édith neben einem Streifenwagen der Gendarmerie Nationale stehen sieht. Der Uniformierte neben ihr spricht in sein Funkgerät. Martin deutet ihr und geht zur Schirmbar.

„Deux grandes bières!“, befiehlt er barsch.

„S'il vouz plaît", stellt sie ihm der Kellner mit vorwurfsvollem Blick hin.

Der ist wie die Steffi, denkt sich Huber, nimmt einen ordentlichen Schluck und wischt sich mit dem linken Handrücken den Schaum vom Mund. Édith gibt dem Gendarmen die Hand und geht hinüber zur Schirmbar.

„Alle Funkstreifen im Umkreis von 100 Kilometern erhalten eine Personenbeschreibung", sagt sie. „Und die Grenzposten von Vintimille. Die Streifen werden verstärkt. Mehr kann man momentan nicht tun."

„Straßensperren?", fragt er.

„Non! Welche Straßen? Alle an der Küste – das wird ohne Ausrufung des Ausnahmezustandes nicht gehen. Also nur die großen Verbindungen? Weißt du, wie lange so etwas dauert? Und hier bei den vielen kleinen Straßen geht gar nichts. Die Gendarmerie ist mit vier Mann da. Bis Verstärkung kommt ist der in Cannes oder sonst wo. Und wenn Sutter zu Fuß in die nächste Bar gegangen ist? Oder in sein Hotelzimmer, ein paar Häuser weiter? Vielleicht sitzt er mit seiner Begleiterin Händchen haltend auf einer Bank am Cap – im Mondschein. Wahrscheinlich braucht er gar kein Hotelzimmer. Die Dame an seiner Seite hat möglicherweise eine bequemere Bleibe für ihren schönen Begleiter. Oder er wohnt sowieso in der Nähe."

„Wieso habt ihr eigentlich keine Steckbriefe hängen?", fragt Huber. „Wenigstens da, wo er schon einmal aufgetaucht ist. Wo viele Leute vorbeigehen. Und wo seine potenziellen Opfer wohnen. Da in der näheren Umgebung, zum Beispiel."

„Weil wir hier nicht in Kansas sind und wir nicht mehr das Jahr 1879 schreiben, Sheriff", antwortet sie. „Aber da ist was dran", meint sie dann nach einem Schluck Bier.

„Man müsste die möglichen Opfer warnen. Wieso sagst du das erst jetzt?"

„Du redest schon fast wie mein Brigadier", nimmt er einen großen Schluck Bier.

„Aber wie?", nimmt sie auch wieder einen Schluck. „Fernsehen und Zeitung reicht nicht. Die vom Jetset sitzen ja nicht am Feierabend zu Hause, um die Regionalnachrichten zu verfolgen. Viele sprechen gar kein Französisch. Man müsste sie persönlich anschreiben. Text und Bild. Mehrsprachig."

„Sag ich ja – Steckbrief."

„Da reden wir morgen im Büro weiter", meint sie. „Und dann müssen wir dienstlich zum letzten Konzertabend. Vielleicht kommt Sutter auch. Wenn er nicht heute noch vor einen Streifenwagen läuft. "

Sie sind mit dem Wagen nach Roquebrune-Cap-Martin gefahren. Wegen dem Jazz Festival. Und wegen dem Meer. Und wegen dem Wein. Heidi am Beifahrersitz, Michelle hinten und Sutter am Steuer. Über Mailand. Mit Heidis Mercedes 600, der schwarzen Limousine mit den abgedunkelten Scheiben hinten. Weil Sutter gesagt hat, dass er gerne fährt. Heidi lässt sich am liebsten von Angestellten chauffieren. Sie mag ja so weite Strecken nicht selbst fahren. Und Michelle schon gar nicht. „Mit dem Schlachtschiff", wie sie immer sagt. Die fährt ja nur mit ihrem roten 2CV vom Schloss nach Luzern und retour.

Wie sie nach dem Konzert in Juan-les-Pins Richtung Ausgang gegangen sind, hat die Michelle gesagt: „Keith Jarrett ist mit dem Saxophonisten Jan Garbarek im europäischen Quartett eindeutig am besten."

Und die Heidi hat ihm beim Ausgang ins Ohr geflüstert, wie froh sie ist, dass sie noch ein paar freie Tage am Meer haben. Und dass sie sich auf die warmen Abende im Freien freut. Zu dritt. Jetzt, wo das Wetter so schön geworden ist. Wie sie dann mit dem Mercedes vom Parkplatz wegfahren wollten, ist ein eher kleiner, untersetzter Mann in einer braunen Lederjacke verwirrt zwischen den Autos herumgelaufen. Schwitzend und mit gehetztem Blick hat er durch die Scheiben geschaut, auch durch die Heckscheibe von Heidis Mercedes, mit beiden Händen auf dem Kofferraumdeckel. Aber da hat er natürlich nichts gesehen.

„Der arme Kerl hat wohl in der Menge jemanden aus den Augen verloren, der ihm wichtig zu sein scheint", hat die Michelle verständnisvoll gesagt.

Dann sind sie zu Heidis Villa am Cap Martin gefahren. Daran denkt Sutter jetzt gerade, bei der Flasche Rotwein, die sie zu dritt noch trinken, bevor sie schlafen gehen.

Am nächsten Morgen gehen sie alle drei im Meer schwimmen, vor dem Frühstück. Heidi und Martin alias Manuel richten dann Schinken, Käse, Butter, Tomaten, Orangensaft und Kaffee mit Milch in bauchigen Tassen her, Michelle holt frisches Baguette, mit dem Fahrrad. Gut kommt er sich vor, der Pinzgauer Ganove, beim petit-déjeuner à trois. Unter südfranzösischer Sonne sitzt er zwischen einer Schweizer Multimillionärin und einer Schweizer Schönheit und legt Schinken und Tomatenscheiben auf das Weißbrot. Nach dem Frühstück zu dritt hat Heidi dann gesagt, dass sie am Abend gerne in das Spielcasino gehen möchte.

„Du brauchst wirklich nicht mitzukommen, Manuel“, meint sie jetzt, mit dem Blick auf Sutter gerichtet. „Michelle wird mich begleiten und wir nehmen uns ein Taxi.“

„Und führe mich nicht in Versuchung“, lacht Sutter. „Nein, ich komme mit euch. Ich fahre euch. Dort kann ich ja an der Bar einen Martini trinken und eine Zigarette rauchen. Ein bisschen zusehen. Und dann vielleicht die 500 Francs verspielen, die ich mir mitgenommen habe. Nur so zum Spaß.“

Heidi schaut ihn ernst an.

„Nein wirklich“, sagt er, „ich möchte mitkommen und mir das beweisen. Dass es mir nichts ausmacht. Bitte.“

„Also gut“, gibt Heidi nach. „Und sobald du nach Hause willst, dann fahren wir, oder?“

„O.K.“, sagt er.

Michelle hat sich nicht eingemischt. Mit schief gelegtem Kopf schaut sie jetzt Sutter an, dann Heidi, dann steht sie wortlos auf und räumt den Tisch ab.

Am hintersten Roulettetisch im Casino von Monte Carlo sitzt dann Heidi in der Mitte, Michelle rechts von ihr, links Sutter.

„Mesdames et Messieurs, faîtes vos jeux", sagt der Croupier.

Heidi setzt auf Impair, auf Rouge, auf das zweite Dutzend, auf die Zwei und die Fünf.

„Rien ne va plus!"

Michelle nippt an ihrem Mineralwasser, Heidi schaut der Kugel nach und nimmt ein Zigarillo aus ihrem Etui, Manuel gibt ihr Feuer.

„Dix-neuf, rouge. Nineteen."

Der Croupier sammelt zuerst die von den Spielern verlorenen Jetons ein, dann teilt er die Gewinne aus. Heidi schiebt den kleinen Stapel zu den anderen. Ein Stück für die Angestellten.

Am nächsten Vormittag fahren Heidi Ambühl und Manuel Skoff in die Provence, zu einem Weingut, von dem Sutter in einer Zeitschrift gelesen hat. Ein junger Winzer verfolgt da ganz neue Wege, haben die geschrieben.

Schon die Fahrt zu diesem Anwesen inmitten der von Wein bewachsenen Hügel war ein Erlebnis. „Gegenden, in die man sonst nie kommt", hat die Heidi im Auto gesagt. „Hügel, Felsen, Bäche, Flüsse, mittelalterliche Dörfer, Klöster."

„Aus den Perlen des Morgentaus", sagt jetzt der Weinbauer und schenkt ihnen seine goldgelbe Besonderheit ein. Dazu bringt er Weißbrot mit Gänseleberpastete. Er erzählt ihnen von der Herstellung. „Und für die nötige Feuchtigkeit sorgen die Nebel des nahen Flusses. Völlig unüblich, für die Region – bislang“, erklärt er. „Aber es funktioniert, oder?“

„Und wie!“, sagen Heidi und Martin alias Manuel gleichzeitig. Sie schauen sich lange an. Er legt seine Linke auf ihre rechte Hand.

Am Morgen nach der Heimreise geht Michelle in das große Badezimmer und steigt zu Heidi in die riesige, runde Wanne. „Manuel ist das Gegenteil von Hans Urs", sagt sie. „Ein jugendlicher Beau, charmant, galant. Trotz eindrucksvollem Körperbau wirkt er sanft, direkt zurückhaltend, manchmal. Er hat keine Ahnung von Musik. Vom Geschäft wohl auch nicht. Nur in einem ist er wie Hans Urs – er kann unglaublich gut Geschichten erzählen. Und er kann auch zuhören."

„Ja, und wir haben wieder lange Abende zu dritt, so wie früher", sagt Heidi und streicht ihr Haar zurück. Michelle will noch etwas sagen, aber dann überlegt sie es sich anders und taucht mit dem Kopf in das Wasser.

Sutter kommt aus dem Bad und schaut zum Fenster seiner Garçonnière hinaus. Die bewohnt er noch immer. Er blickt auf den Pilatus hinauf. Hat immer eine andere Farbe, der Berg, denkt er sich. Dann schaut er in den Schlosspark hinunter. Von einem Baum fliegt ein Vogel auf den gepflegten Rasen und pickt etwas auf. Eine Amsel, wahrscheinlich. Und ein Regenwurm, vielleicht. Aus einem Busch springt plötzlich die rotweiße Katze und schnappt sich den Vogel. Von einem anderen Baum fliegt ein anderer Vogel auf den gepflegten Rasen und pickt etwas auf. Amsel und Wurm, vermutlich. Hinter einem anderen Strauch kommt die graugestreifte Katze hervor und beendet das Amselleben. Da wäre noch die schwarze Katze, denkt sich Sutter und schaut, ob er noch eine Amsel auf einem Baum sieht. Weil Heidi hat zwei Hunde und drei Katzen. Der zweite Vogel muss doch gesehen haben, was mit seinem Artgenossen passiert ist, denkt sich Sutter.

Warum ist der so unvorsichtig? Wegen der Gier? Aber er wird ja auch immer unvorsichtiger. Und das hat nichts mit Gier zu tun. Wozu gierig sein? Er lässt es sich gut gehen, auf dem Schloss, und früher oder später macht er hier sowieso den ganz großen Fang. Dann ist er weg. Auf zu neuen Abenteuern. Er fühlt sich auf dem Schloss und zwischen den zwei Frauen zu sicher – das ist es. Und da hat dieses Gefühl der Sicherheit seine scharfen Sinne ein bisschen stumpfer gemacht. Wie wenn du eine scheue Katze, die jahrelang nur draußen war, an einen Platz hinter dem Ofen gewöhnst. In einem Haus, in dem sie von allen nur gefüttert und gestreichelt wird. Die liegt dann auch bald ohne Argwohn auf der Ofenbank. So kann man sich das ungefähr vorstellen. Ganz im Stich hat ihn sein Gespür für die Gefahr aber noch nicht gelassen, den Sutter. Er spürt zum Beispiel, dass der Sekretär ein linker Hund ist. Ein Fuchs, das Fuchsgesicht. Die Sache mit den Spenden ist Sutter längst nicht mehr geheuer. Unsummen kommen da herein. Millionen und Abermillionen! Wofür wird das ganze Geld verwendet? Und dass die Frau vom Verwalter ausgerechnet eine Firma hat, die Familien und alte Leute betreut. Da läuft eine Schweinerei. Ganz sicher. Es ist schon kurios. Da kommst du auf so ein Schloss, weil du eine Millionärin ein bisschen ausnehmen willst, dann sitzt da schon ein Gauner. Ein größerer, als du es bist, wahrscheinlich. Darüber denkt Sutter nach, seit ihm ein paar Ungereimtheiten aufgefallen sind und er ein paar Leute ein bisschen ausgefragt hat. Eine Zeit lang hat er ja eng mit dem Sekretär zusammengearbeitet. Aber jetzt lässt ihn der immer weniger an die Sachen ran, seit er ihm Löcher in den Bauch gefragt hat. War wohl ein Fehler, aber es hat ihm einfach keine Ruhe gelassen. Da war er ein bisschen zu neugierig. Geht jetzt auf Distanz, das fuchsgesichtige

Schlitzohr. Und die Heidi weiß nichts. Gar nichts. Und die Michelle sowieso nicht. Wie denn auch.

Der Huber hat ja einen breiten Rücken, aber diesmal war ihm der Rapport beim Alten nicht mehr egal. So hat sich sogar der noch nie aufgeführt, bisher.

„Sie Versager!“, schreit ihn der Fettwanst an. „Da können Sie diesen Sutter fast schon mit der Hand am Kragen packen und dann sind Sie nicht fähig, ihn unter ein paar Leuten auf dem Parkplatz eines Schwimmbades herauszufinden.“

„Herr Brigadier, die Besucheranzahl bei diesem weltbekannten Festival ...“

„Ach was, Festival“, unterbricht ihn der, „hören Sie mir auf damit!“ Dann denkt er einen Augenblick nach und sagt fast freundlich: „Sagen Sie, Huber, mit wem waren Sie eigentlich bei diesem Festival?“

„Äh, mit Inspektorin Mounier von der Kripo Nizza“, antwortet der und kratzt sich an der Nase.

„Inspektorin? Zum Donnerwetter!“, schreit der Alte und schlägt mit der Faust auf den Schreibtisch. „Sie sollen dort nicht Weiberröcken nachjagen, sondern diesem Sutter. Merken Sie sich das!“

„Ich war eigentlich in meiner Freizeit dort“, macht Huber den nächsten Fehler.

„Sie haben keine Freizeit!“, haut der Dicke wieder auf seinen Schreibtisch, „bis Sie diesen Sutter endlich geschnappt haben.“

Diesmal hat er so zugeschlagen, dass der junge Inspektor fast ohne anzuklopfen bei der Tür hereinstürmt. Mit einer Handbewegung scheucht ihn der Brigadier hinaus. Wie einen Hund.

„Wenn diese arroganten Franzosen nicht so borniert wären, was ihre blöde Sprache betrifft, und Sie nicht so gut Französisch könnten, dann würden Sie längst Patronen zählen in der Waffenkammer, oder Staub schlucken im Kellerarchiv. Damit Ihnen das klar ist, Huber. Und jetzt raus!“

Auf das Haushaltsbudget vom Huber wirkt sich der Festivalbesuch aber positiv aus. Weil er Sutter schon so nahe war, wird ihn der dicke Brigadier unter schweren Drohungen bis zum Herbst noch dreimal nach Südfrankreich abkommandieren. Das kann Huber heute noch nicht wissen, wie er da jetzt ein bisschen ratlos in seinem Büro sitzt. „Kaffee!“, hat er vorhin im Vorbeigehen zu Steffi gesagt.

„Und wie heißt das Zauberwort mit zwei T?“, hat sie ihn keck angeschaut.

„Flott“, hat er gesagt und ist in seinem Büro verschwunden.

Jetzt stellt sie ihm die Tasse mit einem vorwurfsvollen Gesichtsausdruck auf den Tisch, mitten auf die Papiere, dreht sich um und geht.

„Aha, neue Frisur!“, ruft er ihr nach.

„Ja, seit zwei Monaten fast“, antwortet sie ohne sich umzudrehen. „Deinem detektivischen Auge entgeht wirklich nichts.“ Knall! Die Tür ist zu.

Beim Kaffeetrinken denkt er daran, dass Ende September Édith für eine Woche nach Salzburg kommt, zum Wandern in seinem Heimattal. Den Flug hat er ihr zum Geburtstag geschenkt. Das ist fix ausgemacht. Darauf freut er sich schon. Für ein Treffen im Oktober wird dann ein Telefonanruf aus Nizza sorgen. Aber das kann der Huber natürlich heute auch noch nicht wissen.

BÜRO AGA E.V., LUZERN

Im Büro des eingetragenen Vereins „Ambühl gegen Armut“ sitzen sich der Sekretär von Heidi Ambühl und sein Neffe, ein junger Notar mit rotem Haar und rötlichem Gesicht, dem das Gebäude gehört, gegenüber. Im Erdgeschoß befindet sich das Notariat, im ersten Stock sind die Büros des Vereins, dessen Vorstand soeben tagt, sozusagen. Der Neffe nippt an seinem doppelten Kognak, vor dem Onkel steht ein Glas Mineralwasser auf dem runden, blauen Tisch. „Dann haben wir dieses Geschäft sauber abgewickelt“, sagt der Onkel zufrieden und gibt dem Neffen ein paar Blätter zurück. „Müssen wir nur aufpassen, dass keine Unruhe entsteht, jetzt, wo die Spendengelder wieder fließen“, meint er dann mit ernster Miene.

„Wieso – hast du Probleme mit deiner Chefin?“, fragt der Neffe erstaunt.

„Die Ambühl ist friedlich, wie immer, aber der Österreicher macht mir Sorgen“, nimmt das Fuchsgesicht einen Schluck vom Mineralwasser. „Er interessiert sich zuviel für die Geschäfte. Und er ist mir zu privat mit der Ambühl. Übrigens ist er ein Schürzenjäger. Ich habe ihn mit der kleinen Saxophonistin gesehen, im Pool. Das war ziemlich eindeutig, trotz schlechter Sicht. Wahrscheinlich treibt er es mit beiden. Mit der Studentin zum Vergnügen und mit der Millionärin aus beruflichen Gründen, sozusagen.“

„Vielleicht treiben sie es zu dritt“, grinst der Rotköpfige und nimmt einen Schluck Kognak.

„Das hoffe ich nicht – das wäre ungünstig“, schüttelt das Fuchsgesicht seinen Kopf. „Obwohl, man munkelt ja seit Langem, dass die Ambühl und die Studentin …“

Die aus der Westschweiz stammende Rothaut grinst blöd.

Sein Onkel verzieht keine Miene: „Nein, nein. Eine Ambühl teilt nicht. Die will alles alleine haben. Möchte wissen, ob die eine von der anderen weiß, falls meine Theorie stimmt. Bin mir sicher, dass er es auf das Geld der Ambühl abgesehen hat. Er passt nicht zu dem Job, den er macht. Spendenveranstaltungen im Schloss einer durch Erbschaften schwerreich gewordenen Schmuckzeichnerin in einer Kleinstadt in der Zentralschweiz. Ein Kerl wie der. Weltgewandt."

„Wieso hast du ihn eingestellt?"

„Hat einen sehr guten Eindruck gemacht. Und er macht seine Sache ja auch hervorragend. Die Gelder sind nicht mehr geflossen, nach Looslis Tod. Das weißt du ja. Die Ambühl hat da nichts mehr getan. Das geht aber nicht ohne Veranstaltungen. Die reichen Säcke wollen hofiert werden. Die Frauen wollen sich zeigen und Komplimente hören. Der Österreicher kann das. Wie der mit denen umgeht! Da ziehen die sofort das Scheckheft. So gut ist es noch nie gelaufen. Aber er wird zu neugierig. Interessiert sich für den Verein. Fragt mich dauernd aus, und die Ambühl wahrscheinlich auch. Irgendetwas hat der Kerl vor. Du hast doch da einen Freund in Genf."

„Claude, der Detektiv. Mein Schulfreund. Soll er ein bisschen nachforschen?"

„Ja, aber diskret. Da habe ich dir ein paar Blätter aus dem Personalakt kopiert", sagt das Fuchsgesicht, holt sie aus seiner abgegriffenen Aktentasche und schiebt sie seinem Neffen hin.

„Schauen wir mal, oder", meint der und legt die Papiere rüber auf den Schreibtisch.

Das Fuchsgesicht hat Sutter nie mehr über den Weg getraut, seit er angefangen hat, sich näher für die Spendengeschichte zu interessieren. Der Verwalter von Ambühl war unter Hans Urs nur ein besserer Handlanger. Jurist zwar und Betriebswirt mit internationaler Erfahrung, aber für den charismatischen, dominanten Hans Urs natürlich nur ein gut bezahlter Gehilfe. Jetzt ist er der Chef. Er stellt die Geschäftsführer von Heidis Unternehmen ein. Und er entlässt sie. Für die Spendenaktionen hat er einen Verein gegründet, den sein Neffe leitet. Er schiebt Millionen hin und her. Oft täglich. Kauft Firmen und verkauft sie wieder. Er entscheidet jetzt weitgehend allein. Erteilt die Anweisungen. Die Eigentümerin hat andere Interessen. Und wird sich nicht einmischen, solange sie immer reicher und reicher wird.

„Nimm dich in Acht vor einem Mann, der nicht trinkt und nicht musiziert“, hat Hans Urs zu Heidi gesagt.

Das Fuchsgesicht trinkt nur Tee und Mineralwasser. Mit Musik kann er nichts anfangen. Aber auch er hat Träume.

Und ich verwirkliche das, was ich mir vornehme, denkt er sich, in seinem Opel Senator, auf dem Weg zu seinem Neffen. Ich werde mich nicht aufhalten lassen, von einem kleinen Gigolo. Einem ausländischen Filou. Ich, der ich in der Schweiz ein Imperium aufgebaut habe, für einen meistens betrunkenen Jäger und Musikanten, der alles nur geerbt hat. Und mich behandelt hat wie einen Lakaien. Abgekanzelt hat mich der, wann immer es ihm gepasst hat. Der Nichtstuer ist durch meine harte Arbeit immer reicher und reicher geworden, während er von einer Party zur anderen gewankt ist. Alle haben geglaubt, er ist ein Genie. Das hat er niemanden erzählt, wer für ihn die Kohle gemacht hat. Da hat er sich bedeckt gehalten, der Liebling der Society. Und nie ein Dankeschön. Dieses Schwein, denkt er sich und hätte beinahe den Rechtskommenden übersehen, bei der kleinen Kreuzung, an diesem regnerischen Herbstabend, kurz vor Luzern. In ein paar Jahren sitze ich um diese Jahreszeit vor dem offenen Kamin in meiner Villa an der Côte d'Azur. Mit Blick aufs Meer. Und das nicht allein, sondern mit...

Jetzt muss er scharf bremsen und nach rechts ausweichen, weil der Idiot da aus der entgegenkommenden Kolonne ausgeschert ist. Da ist er froh, wie er endlich vor dem Notariat einparkt.

Der Neffe legt ihm das Schreiben seines Schulfreundes aus Genf hin. Heute sitzen sie im Büro des Notars. Sonst ist kein Mensch mehr da. Der Onkel überfliegt das Schreiben. Zum angegebenen Datum ist in Graz kein Manuel Skoff geboren worden. Unter der angegebenen Adresse ist in Wien in den letzten drei Jahren kein Manuel Skoff gemeldet gewesen. Mehrere Firmen sind dort seit Jahren gemeldet. Steht da. Das Fuchsgesicht schaut seinen Neffen lange an. „Ich habe es geahnt", sagt er und legt das Papier auf den schweren, dunkelbraunen Tisch. „Die Polizei kommt mir nicht aufs Schloss", fährt er fort. „Wer weiß, was der Kerl schon alles herausgefunden hat. Und entlassen kann ich ihn auch nicht. Da rennt er sofort zu Heidi."

„Weiß er von der Firma deiner Frau?", fragt der Rotschädel.

„Jeder auf dem Schloss kennt die Firma."

„Wie willst du ihn loswerden, ohne Entlassung und ohne Polizei?", fragt der Neffe.

„Die Ambühl muss ihn rauswerfen."

„Warum sollte sie?"

„Weil ich ihr eine kleine Geschichte erzählen werde", antwortet sein Onkel.

Der Rotgesichtige hebt die Brauen.

„Und wenn meine Theorie stimmt", sagt der Onkel, „dann wird sie ihn rauswerfen. Eifersucht ist immer ein Motiv, bei den Weibern."

„Und wenn deine Theorie nicht stimmt?"

„Kann ich mir nicht vorstellen, weil am Schloss pfeifen das ja schon die Spatzen von den Dächern. Aber dann müssen wir halt ein bisschen nachhelfen", antwortet das Fuchsgesicht. „Eine kleine Inszenierung mit Fotodokumentation, sozusagen. Ein heißer Flirt am Rande eines Schlossfestes. Den männlichen Hauptdarsteller haben wir schon, für die weibliche Hauptrolle werden wir jemanden finden."

„Der Kerl wird nicht riskieren, dass er bei der Ambühl in Ungnade fällt, wegen einem angeheuerten Flittchen", meint der Notar.

„Es muss ja nur für Fotos reichen", beruhigt sein Onkel. „Unsere weibliche Hauptrolle muss eben von einem echten Talent besetzt werden. Bei der Gage werden wir nicht knausrig sein dürfen. Aber wahrscheinlich ist ja der Aufwand gar nicht nötig."

Heidi Ambühl steht am Fenster in ihrem Atelier und schaut auf den Schlosspark hinunter. Sie hat keinen Blick für die Farben des Herbstes: Gold-Rot-Braun. Ein paar Tränen rinnen ihr die Wangen hinunter. Was für ein Morgen! Zuerst war ihr Verwalter da und es dürfte wirklich Zufall gewesen sein, dass er Michelle und Manuel erwähnt hat, denkt sie sich. Auf ihre Nachfrage hin hat sie dann einiges erfahren. Und bemerkt, dass sie offensichtlich die einzige uninformierte Person auf diesem Schloss ist. Dabei war für sie das letzte halbe Jahr schöner, als die zweieinhalb Jahrzehnte davor. Nicht so schlimm ist, dass es damit vorbei ist, hat sie sich sofort gedacht. Aber fast nicht auszuhalten ist, dass alles nur ein Schwindel war. Lug und Trug! Da hat sie sich direkt hinsetzen müssen.

Jetzt sitzt Michelle Ziegler auf einem Sessel neben dem Zeichentisch, den Kopf in beide Hände gestützt.

„Ich weiß nicht mehr, wie ich dran bin“, sagt Heidi, ohne sich umzudrehen. „Bei dir nicht und bei Manuel nicht. Hintergangen fühle ich mich. Mein Vertrauen hat er missbraucht. Ich schicke ihn weg. Möchte ihn hier nicht mehr sehen.“

Michelle fragt leise: „Können wir nicht einfach zu dritt …“

Heidi antwortet deutlich: „Nein!“

Michelle gibt nicht auf: „Was hast du? Wir schreiben das Jahr 1979. Man muss doch darüber reden können. Wir sind schließlich erwachsene, aufgeschlossene Menschen.“

Heidi bleibt hart: „Du kannst ja mit ihm gehen, wenn du willst.“

Eine Viertelstunde später steht Sutter vor Heidi. Sie bittet ihn, dass große Fest, für das die Einladungen schon draußen sind, noch auszurichten und sich umzusehen. „Bezüglich deiner Zukunft“, wie sie sagt. Sie ist sehr ruhig. Direkt höflich. Aber bestimmt. Absolut! So hat er sie noch nicht kennengelernt. Mit Monatsende muss Martin Sutter alias Manuel Skoff Schloss Ambühl verlassen. „Ich hätte gute Lust, dich sofort rauszuwerfen“, sagt sie. Da hat ihm jetzt sein ganzes Talent auch nichts mehr genützt. In drei Wochen ist Ambühl für ihn Vergangenheit. Das Gespräch hat keine zehn Minuten gedauert. Von wem sie ihre Informationen hat, das hat Sutter sie erst gar nicht fragen müssen. Das hat sie ihm von selbst gesagt. Und das hätte er auch so gewusst.

In weißen Turnschuhen und einem dunkelblauen Trainingsanzug schleicht Martin Sutter durch den langen Gang. Fünf vor zwölf. Es war bei Gott nicht einfach, sich den Schlüssel für das Büro des Verwalters zu besorgen, denkt er sich, wie er eine Taschenlampe aus der linken Jackentasche holt. In der rechten Seitentasche hat er eine zweite. Für alle Fälle. Unmöglich, vom alten Hausmeister den Schlüssel zu bekommen. Das war für Sutter eine neue Erfahrung – ein unbestechlicher Mensch! Da habe ich nur nicht das richtige Mittel gefunden, hat er sich dann getröstet. Bei der Putzfrau war es dann ein Kinderspiel. Das sagt man nur so – ein Kinderspiel. In Wahrheit war es natürlich nichts für Kinder. Leise sperrt er auf und schaut sich noch einmal um. Alles ruhig. Er geht hinein. Vorsichtig drückt er die Tür ins Schloss. Wie immer wenn der Sekretär nicht da ist, steht die Tür vom Vorzimmer zu seinem Büro offen. Gott sei Dank! Die ganze Wand voller Ordner. Uninteressant, uninteressant, Konto Holding, Konto Stiftung, Konto Verein, Konto Heimhilfe – endlich entdeckt er die brisanten Unterlagen. Ein bisschen Glück musst du haben! Die Papiere hätten auch irgendwo in der Buchhaltung drüben sein können. Ordner für Ordner blättert er am Schreibtisch des Fuchsgesichtes durch. Mit der Taschenlampe in der Linken. Überall Bewegungen. Von 59 Rappen bis elf Millionen Schweizer Franken. Elf Millionen! Mit einem einzigen, hauchdünnen, kleinen Durchschlag des Zahlscheines dokumentiert. Ab sechsstellig immer mit zwei Unterschriften. Manchmal zuckt die Taschenlampe. Um 1 Uhr 15 zuckt Sutter zusammen. Ordner zu! Taschenlampe aus! Runter unter den Schreibtisch! Das waren nur die Hunde, draußen. Wegen einer Katze vielleicht. Wie nervös er ist! Gegen halb drei gibt die Taschenlampe endgültig ihren Geist auf. Er holt die zweite heraus. Hat schon einen halben Notizblock vollgeschrieben. Ihm brennen die Augen. Jetzt noch die Formulare und drei Unterschriftenproben. Weil das muss professionell gemacht werden, bei diesen Summen. Und die Unterlagen von der Ferienvilla am Cap Martin nicht vergessen. Ja, die Pläne auch. Da! Gut, dass der Kerl so penibel ist.

Um 5 Uhr 10 liegt Sutter in seinem Bett. Um 7 Uhr 30 wird der Wecker läuten. Da wird er immerhin fast zweieinhalb Stunden geschlafen haben. Weil mit einem guten Gefühl schläfst du meistens sofort ein.

Jetzt hat Sutter praktisch Tag und Nacht gearbeitet. Das Fest vorbereiten. Den Coup vorbereiten. Das wird ein großes Fest. Und sein größter Coup.

Irgendwann passt er Michelle beim Joggen ab und fragt sie noch einmal, ob sie nicht doch mit ihm kommen möchte.

Wieder lehnt sie ab. Eine kurze Unterredung ganz ohne Theatralik, die die beiden da unter den drei Linden führen.

Jetzt sind die Papiere komplett. Endlich! Der Italiener hat ihm die Sachen pünktlich geschickt. Postlagernd. Perfekte Leistung, wie immer. Alles ist unterzeichnet. Sutter überweist vom Vereinskonto eine halbe Million Schweizer Franken an die Heilsarmee und fünf Millionen Schweizer Franken an die Heimhilfefirma der Frau vom Fuchsgesicht. Wenig später überweist er zweieinhalb Millionen Schweizer Franken vom Konto der Heimhilfefirma der Frau vom Fuchsgesicht auf ein von ihm eröffnetes Konto bei einer Bank in Zürich. Kurz darauf überweist er diese zweieinhalb Millionen auf eines seiner Konten in Monte Carlo. Natürlich nicht in runden Beträgen! Dann das Ganze noch einmal, weg vom Konto der Holding. Nichts vom Konto der Stiftung. Wieder fast zweieinhalb Millionen nach Monaco. Bald wird er dort an die fünf Millionen bar beheben und auf ein anderes Konto einzahlen. Schweizer Franken! In Etappen. Der Geldfluss ist somit nicht bis zum Schluss nachvollziehbar. Es wird eine Zeit dauern, bis sie überhaupt auf Monaco kommen. Bis dahin ist er längst über alle Berge. Das Fuchsgesicht wird alle Hände voll zu tun haben, um aus der Misere herauszufinden. Aber er wird sowieso erst frühestens Anfang nächsten Monats merken, dass etwas faul ist. Wenn die Auszüge da sind, von der Bank und die Buchhalterinnen aufgeregt zu ihm kommen werden. Eine Meisterleistung, denkt er sich mit der elften Gitane in der Rechten und einem Martini in der Linken. Bravo, Sutter! Der Bote zur Bank hat ein schönes Trinkgeld bekommen. Gedacht hat sich der nichts dabei, wie ihm der Sutter mehrmals die Mappen für die Bank abgenommen und damit für ein paar Minuten in seinem

Büro verschwunden ist. Dem ist das überhaupt nicht verdächtig vorgekommen. Der Herr Skoff ist hier ja für das einfache Personal durch seine Nähe zur Schlossherrin direkt eine Autorität. Außer für den alten Hausmeister. Den Abschiedsbrief für Heidi muss ich gut verstecken, überlegt er, wie er sich die zwölfte Gitane anzündet. Den darf jetzt niemand finden. Von Monaco aus rufe ich dann den alten Hausmeister an, damit er ihn Heidi bringt. Er hebt das schmale, weiße Kuvert hoch. Das Schreiben ist ja für einen Abschiedsbrief ziemlich unromantisch ausgefallen. Es ist eher eine Lektüreempfehlung geworden: Diverse Kontoauszüge. Dann steht da noch die Adresse eines Buchprüfers aus Zürich, der in keinem Zusammenhang mit dem Verwalter oder den Betrieben von Ambühl steht. Und die Empfehlung, dass der sich die Bücher und die Geldflüsse einmal genauer anschauen soll. Direkt schade, denkt er sich jetzt wieder, dass ich das hier nicht mehr erlebe, wie sich das Fuchsgesicht da rausredet. Dabei bekommt der ja aus Roquebrune-Cap-Martin noch eine kleine Überraschung, in Kürze.

Beim letzten Fest hat Frau Ambühl bekannt gegeben, dass Herr Skoff auf eigenen Wunsch das Schloss verlässt und ihm für die hervorragende Arbeit gedankt. Daran denkt Sutter jetzt, wie er seine Sachen packt. Er geht in den Probenraum und fragt Michelle ein letztes Mal, ob sie mit ihm kommt.

„Ich kann nicht. Das weißt du“, sagt sie.

„Falls du es dir anders überlegst“, sagt er und schreibt ihr ohne zu zögern die Telefonnummer seines Appartements in Monaco auf einen Zettel. „Die ist aber nur für dich.“ In ein, zwei Monaten gibt es diese Nummer nicht mehr, denkt er sich.

Nur zwei Menschen kennen diese Telefonnummer. Von ihm abgesehen. Der Cafétier in Monaco und jetzt die Michelle. Nicht einmal der Hehler hat sie. Der nimmt über den Cafétier Kontakt mit ihm auf, wenn er etwas für ihn hat. Der Cafétier bekommt von Sutter oft ein dickes Bündel großer Scheine, wenn sie sich sehen. Sutters Versicherungsprämie. Wenn der Wirt die Nummer verrät und Sutter geschnappt wird, fließt keine Prämie mehr. Also wird er sich hüten. Und dem Cafétier kann nichts passieren. Es ist ja nicht verboten, jemanden am Telefon etwas auszurichten.

Im Taxi denkt sich Sutter: Dass ich bis zum Mimosenfest bleibe, damit habe ich fix gerechnet. Noch ein paar Monate mit der kleinen Michelle. Bis dieses Kribbeln weg ist – das dauert ja kein Jahr. Und zu Weihnachten hätte mich Heidi sicher von den Spielschulden befreit. Rechtzeitig zum Mimosenfest hätte ich dann abhauen können. Und nach dem Fest die Villa verkaufen, am Cap Martin. Ganz ohne Stress. „Aber man muss flexibel sein", sagt er dann laut, während er flott vom Taxistand Richtung Bahnsteig geht. „Weiber!", sagt er dann auch noch.

Die Unterlagen über die Villa in Roquebrune-Cap-Martin, die er kopiert hat, sind in seiner Reisetasche. Die liegt oben neben dem dunkelbraunen Samsonite-Koffer im Gepäckregal. Martin Sutter sitzt im InterCity Richtung Monaco. Mit sich zufrieden, hat er sich vorhin beim Boeuf Stroganov im Speisewagen gedacht. Da wird der Herr Verwalter ein bisschen ins Schwitzen kommen. Dem Schwein habe ich es gezeigt. Einen Sutter verpfeift man nicht ungestraft. Das ganze Geld ist sicher schon auf meinem Konto, überlegt er. Dass die Heidi so naiv war. Interessant, wie egoistisch die ist. Die glaubt im Ernst, nur sie darf alles haben. Die blöde Gans! Die zwei Zollbeamten, die hereinkommen, unterbrechen seine Gedanken. Der ältere Grenzer wirft nur einen uninteressierten Blick auf seinen Reisepass, der jüngere Zöllner fragt: „Haben Sie etwas zu verzollen?"

Sutter schüttelt den Kopf, steht auf und will seine Reisetasche herunterheben. Der junge Mann sagt: „Danke, gute Reise."

Sie gehen. Plötzlich dreht sich der ältere Zöllner um und streckt seine rechte Hand aus. Sutter schießt es durch Herz und Magen. Von der Brustmitte hinunter und wieder hinauf. Ein glühend heißer Strahl, wie ein Blitz. Jetzt ist es aus, denkt er sich. In einem Sekundenbruchteil sieht er alle vor sich: Seine Großmutter, viele Namenlose, viele mit Namen, natürlich auch Catherine, Helene, Heidi und Michelle. Der Beamte zeigt mit dem rechten Zeigefinger auf die blaue Schachtel am Boden und sagt: „Da sind Ihnen die Zigaretten hinuntergefallen." Sie gehen und schließen die Abteiltür wieder. Sutter hebt die Zigarettenschachtel auf, atmet hörbar aus und lehnt sich im Sitz zurück. Dass ihn irgendwo plötzlich irgendein Beamter erkennt – so hat er sich das Ende immer vorgestellt. In den vielen Stunden, die er wach gelegen ist. Um zwei, um drei. Jetzt schläft er gerade ein, der Martin Sutter alias Manuel Skoff alias Herr Sowieso von der Firma XY, in seinem Erste-Klasse-Abteil. Auf dem Weg an die Côte d'Azur, wo es ihn immer wieder hinzieht.

Angekommen ist er Freitagabend. Spät am Abend. Am Samstag tut er, was ein Gigolo hie und da tun muss. Zum teuersten Friseur an der Küste gehen, ein elegantes Café besuchen, Hochglanzzeitschriften durchblättern, Auslagen schauen, sich neu einkleiden. Das unterscheidet ja den Gigolo von einem herkömmlichen Mann. Die Freude am Anprobieren. Die junge, schlanke Verkäuferin mit dem tiefen Ausschnitt und der hautengen Hose und der junge, schlanke Verkäufer im lila Hemd über der hautengen Hose sind in Wahrheit miserabel geschult. Sie sagen zu beiden Typen dasselbe. Zum Kundentypus Gigolo und zum Kundentypus herkömmlicher Mann: „Das steht Ihnen sicher ungemein! Probieren Sie es doch."

Jetzt sagt der Gigolo: „Glauben Sie wirklich? Ja gerne!“

Und der herkömmliche Mann sagt: „Zu bunt“, oder „zu eng, das sehe ich auf den ersten Blick.“

Der Gigolo ist schon in der Umkleidekabine, den herkömmlichen Mann bringst du dort so natürlich nicht hinein. Und genau deshalb geht es vielen Herrenboutiquenbesitzern so schlecht. Also wirtschaftlich. Weil die Gigolos in der Minderheit sind. Und weil das psychologisch ungeschulte Personal mit dem herkömmlichen Mann nicht umgehen kann. Dem muss man nämlich genau die Hose in die Hand drücken, in der er sich sofort wohlfühlt. Die kann durchaus hässlich sein. Oder teuer. Oder beides. Er wird fünf Stück davon nehmen. Um lange nicht mehr in eine Umkleidekabine zu müssen. Aber einmal Umkleidekabine umsonst, und er wird den Laden auf der Stelle verlassen. Grußlos natürlich, als richtiger Mann. Jetzt hat an diesem Samstag die junge, schlanke Verkäuferin mit dem tiefen Ausschnitt und der hautengen Hose in der Boutique an der Croisette einfach Glück gehabt. Weil der Sutter zum seltener vorkommenden Kundentypus gehört.

Im Café, ein paar Schritte neben seinem Wohnhaus, liest er dann am Nachmittag die Samstagausgabe des Nice-Matin und isst ein Sandwich. Er steckt dem Wirt ein Kuvert zu, dann geht er zurück in sein Appartement, telefonieren. Aber am Samstagnachmittag haben die Immobilienbüros natürlich nicht offen, er kann nur einen privaten Interessenten erreichen. Und den erst nach zwei, drei Stunden.

Verlassen steht die Villa da. Die Hausbetreuungsfirma aus Nizza kommt zu fixen Zeiten. Das weiß Sutter. Er hat einen Schlüssel. Den hat er sich nachmachen lassen. Duplikate nur für Berechtigte – Sicherheitssystem. Dazu hat er natürlich die Unterschrift von Heidi fälschen müssen, aber das war für Martin Sutter kein Problem. Da hat er schon immer eine gute Hand dafür gehabt. Früher, in der Hotelfachschule, für die Entschuldigungen. Dann, als Barkeeper in den Nobelhotels. Da hat er von den Reichen immer ein paar Whiskeys oder Bloody Marys oder Daiquiries mehr abkassiert, als die getrunken haben. Die haben ja bei der Abreise nicht zu streiten angefangen, ob sie oder ihre Begleitung an einem Abend sieben oder neun Drinks gehabt haben. Und er hat das Zeug dann an die Barzahler verkauft.

„Kleinvieh macht auch Mist“, hat seine Großmutter immer gesagt.

Dann hat er selbstverständlich eine beglaubigte Vollmacht gehabt, von Heidi Ambühl und dem Fuchsgesicht. Für den geplanten Hausverkauf – abzuwickeln von ihm, dem Sekretär des Sekretärs, sozusagen. Er mit der Durchführung betraut, der Verwalter des Verwalters quasi, weil der Herr Verwalter persönlich für derartige Geschäfte selbstverständlich keine Zeit hat. Die Unterschriften von ihm gefälscht, die notarielle Beglaubigung mit blauem Rundstempel eines rotgesichtigen Notars aus Luzern von einer Fälscherwerkstatt in Genua. Subunternehmer seines Hehlers – wahre Koryphäen, die Leute dort. Und Pläne vom Haus und vom Grundstück. Gestohlen. Aus Heidis Schloss. Und Fotos, selbst geschossen. Die Objektbeschreibung hat er auch selbst getippt, der Sutter. Auf seiner Antares Capri, in seinem Appartement. Dazu noch den Grundbuchauszug. Von seinem Anwalt besorgt, ganz regulär, um 120 Francs.

Einen ernsthaften Interessenten hat er dann bald gefunden. Einen Deutschen. Ein Fabrikant aus Saarbrücken. Ein Selfmademan, wie der Makler gesagt hat, für den der Erwerb einer Villa an der Côte d'Azur ein weiterer Schritt nach oben ist – auf der Sozialleiter. Solche Raritäten reißen sie dir ja aus der Hand, hat sich Sutter schon immer gedacht. In den Zeitungen und in den Auslagen der Immobilienmakler liest man ja ständig, wie viele Leute so etwas suchen. Nach dem obligaten Verhandeln sind sie sich rasch einig. Im Wesentlichen. Der Kaufinteressent will sich das Haus noch einmal anschauen. „Am späteren Nachmittag, wegen der versprochenen Nachmittagssonne", sagt der Makler in seinem Büro, wie ihm Sutter gegenübersitzt. Und meint dann: „Aber da kann es ja kein Problem geben."

Ein Termin für eine letzte Besichtigung wird vereinbart, dann wollen sie zum Rechtsanwalt fahren, einen Vertrag in Auftrag geben und einen Vorvertrag unterschreiben. Der Käufer wird Sutter vor dem Advokaten zehn Prozent Anzahlung leisten.

Der Deutsche sitzt in seinem Hotel in Nizza beim ersten sündteuren Bier und ist plötzlich gewaltig misstrauisch. Irgendwie kommt ihm die Sache komisch vor. Jetzt auf einmal! Und auf sein Gespür hat er sich immer verlassen können. Irgendetwas stört ihn an dem eleganten Verkäufer einer südfranzösischen Villa einer Schweizer Millionärin. Mit dem österreichischen Akzent. Mit so einem Unterbevollmächtigten hat er schon einmal schlechte Erfahrungen gemacht. Vor vielen Jahren in Saarbrücken. Bei einem Zukauf eines Grundstückes für die Fabrikserweiterung. Der wollte da nur mitschneiden. Das Objekt am Cap Martin muss ich haben, aber da rede ich vorher noch ein paar

Takte mit der Eigentümerin, denkt er sich jetzt. Wenn auch nur telefonisch. Frag ich sie persönlich, warum sie verkaufen will. Möchte das aus ihrem Mund hören, sag ich einfach. Oder so ähnlich. Und jammere noch ein bisschen über den Preis. Ist ja ganz normal, unter Kaufleuten. Er trinkt aus, geht auf sein Zimmer und sucht sich die Vollmachtskopie heraus und versucht gleich, die Telefonnummer von Frau Ambühl ausfindig zu machen. Gar nicht so einfach, aber dann ruft er tatsächlich bei Heidi an und erreicht sie sogar, wenn auch über Umwege. Endlich! Wenige Stunden vor dem vereinbarten Treffen mit Sutter in Roquebrune-Cap-Martin. Heidi lässt sich den angeblich bevollmächtigten Verkäufer beschreiben und bittet ihn, sofort in Nizza zur Polizei zu gehen, damit die Skoff schnappen. Sie ruft die Kantonspolizei in Luzern an und gleich danach ihre Anwaltskanzlei. Dann geht sie in den Probenraum zu Michelle und erzählt ihr alles.

In Nizza fährt der ehemalige Kauflustige mit einem Taxi sofort zur Polizeidirektion und geht zur Kriminalpolizei. Französisch kann er ja. Einige Gebäude seiner Fabrik stehen sogar auf französischem Grund. Der Sergeant hört ihm zu, stellt ihm ein paar Fragen, geht nach hinten, tuschelt mit einem Kollegen, telefoniert kurz und bringt ihn dann zu Mounier. Mounier zeigt ihm ein paar Bilder, fragt ihn noch einmal nach dem Termin, gibt sofort den Befehl zum Einsatz und verständigt die Gendarmerie Nationale in Roquebrune-Cap-Martin. Sie umzingeln die Villa von Heidi. Umsonst. Und warten stundenlang. Umsonst. Sutter kommt nicht. Michelle hat ihn gewarnt. Sie hat ihn gerade noch erwischt, am Telefon in seinem Appartement.

„Warum tust du das?“, hat er sie gefragt.

„Ich möchte dich nicht im Gefängnis wissen“, hat sie geantwortet und aufgelegt.

Huber hat natürlich nicht gleich hinkommen können. Es wäre auch umsonst gewesen. Er ist dann am nächsten Tag nach Nizza geflogen. Und am übernächsten mit Édith nach Zürich. Die hat natürlich schon den Deutschen, den Makler und den Anwalt vernommen und die Fahndungsdaten aktualisiert gehabt. Für die Funkstreifen, die Zivilstreifen, die ganze Polizei, die gesamte Gendarmerie, sämtliche Grenzübergänge, die Zollbeamten an den grünen Grenzen. Für alle. Praktisch jeder Südfranzose mit einer Dienstmarke der Exekutive hat ein Fahndungsbild von Sutter bekommen. Von Martin Sutter haben jetzt in Südfrankreich mehr Bilder in den Amtsstuben gehangen als von Staatspräsident Valéry Giscard d’Estaing. Von Zürich-Kloten sind Édith Mounier und Martin Huber mit dem Leihauto nach Luzern gefahren. Zu Heidi Ambühl. Auf der Fahrt dorthin wissen sie noch nicht, dass alles umsonst sein wird. Alle Vernehmungen, alle Fahndungsmaßnahmen, die wieder ins Leben gerufene Sonderkommission, die Reise nach Luzern, die Befragung der Leute auf dem Schloss. Alles umsonst! Von Sutter keine Spur. Édith sitzt hinter dem Steuer, überschreitet penibel jede einzelne schweizerische Geschwindigkeitsbeschränkung und ahnt nicht, dass sie in ein paar Tagen vor dem Präfekten stehen wird, er fuchtelnd mit den Zeitungsmeldungen über Sutter hinter seinem Schreibtisch, sie dann um einen Kopf kürzer, als sie ohnehin schon ist. Und Martin Huber auf dem Nebensitz, die Hand vorsichtshalber am Haltegriff oberhalb der Beifahrertür, weiß natürlich nicht, dass der dicke Brigadier in wenigen Tagen seinen Schreibtisch endgültig entzweischlagen wird und dass der Spott in der Polizeikantine und im Schießkeller langsam unerträglich werden wird.

Sutter steht auf dem winzigen Balkon seines Appartements und zündet sich die achte Zigarette an. Seit er nicht zum vereinbarten Treffpunkt am Cap Martin gekommen ist und die vielen Uniformierten mit den vielen Nichtuniformierten stundenlang umsonst auf ihn gewartet haben, sucht ihn wahrscheinlich wirklich jeder Polizist und jeder Gendarm an der ganzen Riviera. Und darüber hinaus. Höchste Zeit für eine größere Veränderung, denkt er sich. Allerhöchste Zeit! Da muss ich die letzten Wochen an der Côte d'Azur aufpassen, denkt er sich. Weil länger als ein paar Wochen wird es nicht dauern, um alles zu regeln. Gott sei Dank.

An einem milden Spätherbstabend geht ein deutscher Erfolgsschriftsteller mit Wohnsitz in Juan-les-Pins von einer Besprechung mit einem Verleger in Lyon zurück zu seinem Hotel. In der Auslage eines Juweliers sieht er ein Schmuckstück, wie er es bisher nur einmal gesehen hat. Bei einer Gartenparty in Juan-les-Pins, am Hals von Helene von Thun, seiner Nachbarin. Er kann sich daran erinnern, weil seine Frau immer wieder davon gesprochen hat. Die ganze Party lang. Und Tage nachher noch. Beim Heimgehen denkt er über den Schmuckdiebstahl letzten Herbst nach. Beim Abendessen im Hotel denkt er an Helene und den Filou. Beim Frühstück denkt er noch immer an die Sache mit dem Schwindler und Schmuckdieb. Und an den kleingewachsenen, untersetzten österreichischen Kriminalbeamten, der ihn damals ein paar Tage nach dem Diebstahl in Juan-les-Pins aufgesucht hat. Dann ruft er bei Helene in Wien an. Die ist unterwegs. Man wisse nicht, wann sie zurückkommen wird. Und dann ruft er die Polizei in Lyon an. Zu Mittag stehen ein Streifenwagen und ein Zivilfahrzeug der Kriminalpolizei Lyon vor dem Juweliergeschäft. Der junge Inhaber schmeißt sofort die Nerven weg und gibt den Beamten gegenüber mehr zu, als sie ihm jemals hätten nachweisen können. Im Hehlerei-Gewerbe geht man üblicherweise mit Belegen sparsam um, aber der junge Juwelier hat immerhin alles notiert, was ihm der Hehler wann um welchen Preis angedreht hat. Und zwar höchstpersönlich. Weil man kennt sich ja. Der Juwelier ist ein Verwandter der Lebensgefährtin des Italieners. Und der hat einmal auf Gönner gemacht und dem Jungunternehmer mit erstklassiger Ware zu einem wohlfeilen Preis unter die Arme gegriffen. Er hätte sich nicht gedacht, dass der Junge gleich umfallen würde, wenn es einmal ein bisschen eng wird. Ein Riesenfehler! Genauso ein grober Fehler wie der, Martin Sutter nicht von der Kundenliste zu streichen, seit dem die Polizei auf den Fersen ist. Und jetzt ist da die Aussage eines unbescholtenen Franzosen gegen einen dubiosen Italiener. Das ist nicht viel, aber genug, um dem Hehler von Antibes das Leben schwer zu machen.

Édith ruft an und erzählt Martin die Geschichte mit dem Schmuckstück in Lyon.

Mounier: „Der Hehler ist dran. Jetzt muss er reden."

Huber: „Aber du hast ihn noch nicht festgenommen?"

Mounier: „Nein, weil im Gefängnis nützt er uns mit Garantie nichts mehr."

Huber: „Nicht einmal eine Hausdurchsuchung hast du gemacht?"

Mounier: „Wäre verfrüht gewesen."

Huber: „Kompliment! Weil du machst ihm zuerst ein Kronzeugenangebot."

Mounier: „Nein, du! Mir traut er nicht. Der französischen Polizei traut er nicht. Setz dich gefälligst in den nächsten Flieger und komm her. Dann quetschen wir das Schwein aus. Es eilt!"

Huber: „Bist du jetzt immer so, in deiner Dienststelle?"

Mounier: „Nein, meistens sitze ich sowieso nur im Büro, lese Protokolle und trinke Kaffee mit Fo-gel-bäär."

Der Brigadier zeigt mit dem Stift, den er in der Hand hält, auf Huber und sagt: „Fahren Sie. Um Gottes Willen, Huber – fahren Sie."

Er hat das ungewohnt leise gesagt und legt jetzt seinen Stift mit zwei Fingern vorsichtig auf die Schreibunterlage auf seinem nagelneuen Tisch. Lautlos. „Noch vor Martini servieren Sie mir Sutter“, flüstert er jetzt fast. „Bis zum Martinstag muss dieser Kerl hinter Schloss und Riegel sein. Spätestens! Sonst können Sie sich auf etwas gefasst machen, Huber. Wenn Sie den Verbrecher zu Martini noch nicht geschnappt haben, lassen Sie sich hier ja nie wieder blicken!“

Huber ist fast erleichtert, dass er wieder ein bisschen lauter geworden ist.

„Am Martinstag läuft Ihre letzte Frist ab“, wird er wieder ganz gefährlich leise.

Martin Huber hat verstanden. Er steht auf und geht.

Am Flughafen Nice-Côte d’Azur ist nicht viel los. Na ja, um diese Jahreszeit, denkt sich Huber. Steffi hat ihm diesmal einen geräumigen Peugeot 504 gemietet. Sie wird sich gedacht haben, soll er es noch einmal bequem haben, weil nach der Bestellung des neuen Sicherheitsdirektors genehmigt ihm der Brigadier nicht einmal mehr eine Dienstreise in die Polizeikantine. Und Norbert Seiss hat ohne Martin Sutter keine Chance auf den Posten des obersten Polizisten des Landes.

„Wir knöpfen uns den Hehler vor“, sagt Édith in ihrem Büro. „Also los!“

Auf der Fahrt nach Antibes sind sie schweigsam. Für ihr Vorhaben brauchen sie weder andere Kriminalbeamte, noch einen Streifenwagen – zumindest jetzt noch nicht.

Sie betreten den Souvenirladen, der Italiener geht mit ihnen in das Hinterzimmer und bietet ihnen einen Sitzplatz an. Er bringt eine Flasche Grappa und drei Gläser.

„Hör zu“, sagt Huber und trinkt den Grappa in einem Zug. „Wir haben einen jungen Juwelier in Lyon geschnappt, der hat gestohlene Ware in der Auslage gehabt. Die stammt von dir, sagt er. Klingt glaubwürdig. In der Situation, in der du jetzt bist, bin ich jede Woche. Weil bei uns in Österreich gibt es kein Zahlenlotto.“

Der Italiener schaut ihn verständnislos an und schenkt nach.

„Deshalb fährt ein Kollege jede Woche über die Grenze, nach Deutschland, und gibt dort bei einer Lotto-Annahmestelle unsere Scheine ab. Jede Woche gebe ich ihm einen Tippschein und das Geld“, erklärt ihm Huber. „Weil es ist gut möglich, dass du jede Woche deinen Schein abgibst und nie einen Gewinn machst. Sicher ist aber nur, dass du garantiert keinen Gewinn machst, wenn du keinen Schein abgibst. Verstehst du?“

Der Hehler sieht ihn mit großen Augen an.

„Also die Anzeige gegen dich wegen Hehlerei könnte ich wegwerfen. Gut möglich ist aber auch, dass dich die französische Polizei in die Mangel nimmt, nachdem du mir gesagt hast, wie ich Sutter finde. Sicher ist aber nur, dass du jetzt mindestens ein Jahr in den Knast gehst und sie dich dann bis an dein Ende garantiert nicht mehr in Ruhe lassen, wenn du mir keinen Tipp gibst. Deine Geschäfte kannst du dann vergessen. Und wer weiß, was noch alles aufkommt.“

„Lassen Sie mir 24 Stunden Zeit“, sagt der Hehler nach einer kurzen Nachdenkpause.

„Damit du alles beiseiteschaffen und abhauen kannst?“, fragt Huber und schüttelt den Kopf.

„Nein, damit ich etwas arrangieren kann“, antwortet der Italiener. „Und damit ich meinem Sohn etwas schicken kann. Er lebt bei seiner Mutter in Italien. Wenn mir etwas passiert, soll er es einmal besser haben, als ich es gehabt habe. Verstehen Sie das?“

„Wie alt ist er?“

„Zwanzig.“

„So alt wie meiner“, sagt Huber.

„Und noch etwas“, sagt der Italiener. „Sie werden nichts finden und mir nichts nachweisen können. Sie haben nur die Aussage eines jungen Juweliers, bei dem wahrscheinlich gestohlene Ware gefunden wurde. Wenn Sie mich festnageln, sage ich gar nichts und bin bald wieder zu Hause. Selbst wenn zum Beispiel tatsächlich jemand seine Schulden bei mir mit gestohlenem Schmuck bezahlt haben würde und ich das Zeug einem Juwelier gegeben haben sollte – was ist schon dabei? Wie soll ich wissen, dass mir vielleicht jemand gestohlene Ware angedreht hat? Jedenfalls ist das alles eine Bagatelle. Das ist sicher. Aber ich will keinen Ärger mit der französischen Polizei. Auf keinen Fall! Also lassen Sie mich machen, vielleicht kommt etwas dabei heraus. Wie beim Lotto.“

Er schenkt nach.

„Wie viel kriegt Ihr Mann, wenn Sie ihn schnappen?“, fragt er dann.

„Ungefähr sieben Jahre. Bei guter Führung und wenn er die Beute rausrückt, geht er in vier Jahren frei. Davon gehe ich aus“, sagt Huber, nachdem er den dritten Grappa getrunken hat.

„Er hat noch genau drei Stunden", sagt Mounier, während sie ihr Sandwich au fromage isst.

„Kommt immer öfter vor, dass ich mittags etwas esse", meint sie und nimmt das Funkgerät, aus dem jetzt die Stimme eines der beiden Kriminalbeamten, die den Hehler beschatten, zu hören ist. Er meldet, dass der Observierte den Souvenirladen nicht mehr verlassen hat, seit er von der Bank zurückgekommen ist.

Huber stiehlt ihr ein kleines Stück Käse aus dem Sandwich und sagt: „Geht der Kerl in die Boulangerie, frisches Brot holen, als ob nichts gewesen wäre, dann zur Post und zur Bank und wieder seelenruhig nach Hause."

Dann sitzen sie da. Nichts tut sich. Eine halbe Stunde ist ja nichts, denkt sich Huber, wenn du zum Beispiel noch schnell den Rasen fertig mähen willst, bevor das Gewitter kommt. Eine halbe Stunde kann aber eine Ewigkeit sein, wenn du auf den Bus wartest, in einer windigen Wartehütte. Oder auf den Anruf des Hehlers, in einem südfranzösischen Polizeibüro.

Gegen 13 Uhr ruft der Italiener an. Er sagt, dass er mit Sutter um 15 Uhr einen Treffpunkt in dem kleinen Bistro zwei Ecken vor der russischen Kathedrale vereinbart hat. Mounier legt auf, wählt im Aufstehen die Durchwahl ihres Vorgesetzten, macht ihm kurz Meldung und sagt: „Oui, Monsieur le Commissaire, toute suite!"

Im Auflegen nimmt sie das Pistolenhalfter aus der Lade und läuft dann zur Tür, Huber hinter ihr her. Sie reißt die Tür zum Zimmer 204 auf, wo die Fotos von Sutter und die Skizzen, wie er heute aussehen könnte, hängen und ruft: „Los, Bartoli, Einsatz! In zwei Stunden schnappen wir uns Sutter. Bei der Cathédrale Saint Nicolas. Rufen Sie alle verfügbaren Beamten in Zivil zusammen. Keine Streifenwagen! Ich will im Umkreis von 500 Metern um die russische Kirche keine Uniform sehen. Dann kommen Sie nach zum Chef. Sie kommen sofort mit!", dreht sie sich zu der jungen Beamtin im Zimmer.

Dann marschiert sie los, dreht sich schnell noch einmal um und fragt Huber: „Kommst du mit zum Chef?"

Der winkt ab und sagt: „Non – ist dein Einsatz. Schau mich schon ein bisschen um dort. Wir sehen uns dann in der Kirche."

Sie stockt einen Augenblick, sagt schließlich: „O.K.", und läuft Richtung Chefzimmer. Die junge Kollegin hinter ihr her.

Die russisch-orthodoxe Kirche steht am Boulevard du Tzarewitch, westlich des Bahnhofes. L'Église Russe. Huber stellt seinen Mietwagen ab und steigt aus. Er schaut sich um und geht langsam die Straße entlang. Es ist kalt heute in Nizza. Und grau. Fußgänger in Mänteln gehen vorbei, manche haben den Kragen aufgestellt. Einige Autos fahren schon jetzt am frühen Nachmittag mit Licht. Die mit ihren gelben Scheinwerfern – Scheißwetter, denkt sich Huber, stellt den Kragen seiner Lederjacke auf und bestaunt die fünf farbenfroh gekachelten Zwiebeltürme. Den sechsten Turm sieht man von vorne nicht. Dann geht er hinüber zum Bistro. Wirft einen Blick durch die große Scheibe mit der aufgeklebten Martini-Werbung. Er biegt um die Ecke und da kommt ihm Alain Delon entgegen. Vor der Zeit ergraut. Eineinhalb Stunden zu früh! So grau kann der sich die Haare gar nicht färben, dass ich ihn nicht erkenne, geht es Huber durch den Kopf. Da schaut Sutter ihm in die Augen und weiß plötzlich, dass der untersetzte

Mann in der braunen Lederjacke wegen ihm da ist. Er dreht sich um und rennt los. Und weil er groß und schlank und jung ist, ist er viel schneller weit da vorne, auf der anderen Straßenseite, bei der Reihe parkender Autos, als Huber. Weil der ist klein und dick. Und fühlt sich gar nicht mehr jung, im Moment. Ein gezielter Schuss? Zu gefährlich – die Passanten! Die Autos! Solche Gedanken schießen Huber durch den Kopf. Das verdammte Übergewicht! Aber er hat jetzt keine Zeit, an Paul Newman zu denken. Da sieht er, dass er keine Chance hat. Sutter steigt schon in den beigen Citroën, da drüben. Immer wieder kommen Autos! Huber dreht um und rennt zurück. Es dauert, bis er seinen Peugeot gestartet hat. Jetzt steht es fifty-fifty. Ist Sutter die Straße entlanggefahren, müsste er jetzt hinter dem gelben Haus dort herauskommen. Hat er aber vorsichtshalber umgedreht, ist er weg. Huber hält mit dem Peugeot in zweiter Spur. Er taucht nicht auf! Jetzt kommt er! Huber fährt los. Sutter fährt zügig. Schaut immer wieder in den Rückspiegel. Ob er ihn schon bemerkt hat? Huber versucht, soviel Abstand wie möglich zu halten. Jetzt biegt Sutter rechts ab, hält sich links. Voie Pierre Mathis. Weiter geht es, links, rechts. Scharf rechts. Spätestens jetzt weiß er, dass ihm der weiße Peugeot folgt. Weiter dann auf dem Boulevard Risso. Rasch fährt Sutter stadtauswärts, Richtung Saint-André-de-la-Roche. Dann ohne zu blinken rechts. Sutter wird schneller. Fährt riskant. Wenn man sie braucht, sind sie nicht da, die Frauen, denkt sich Huber. Wenn Édith fahren würde, hätte der Peugeot sicher schon ein paar Mal die Stoßstange des Citroëns touchiert. Huber muss aufpassen, dass er ihn nicht verliert. Jetzt sind sie gleich in La Trinité. Viel zu schnell durch das Ortsgebiet. Und weiter bergauf. Verdammt enge Kurven.

Es ist kaum noch Verkehr und Sutter fährt wie Niki Lauda. Dem Italiener habe ich nie ganz getraut, denkt er sich, wie er auf die Zweite herunterschaltet.

Ich Idiot, denkt sich Huber. Und das bei der letzten Chance hier, bevor mich der Alte zurückpfeift. Édith hätte den Kerl mit ihrer Hundertschaft im Bistro in 20 Sekunden geschnappt! Jetzt bin ich 20 Jahre dabei und dann verrate ich mich durch meinen blöden Gesichtsausdruck, weil der Sutter da plötzlich viel zu früh aufkreuzt. Ich bin ja nur so früh hin, weil ich ein ungutes Gefühl gehabt habe. Wollte nur schauen, ob sich da vielleicht irgendwelche Probleme beim Zugriff ergeben könnten.

Ich Idiot, denkt sich Sutter. Und das an einem meiner letzten Tage hier an der Küste. Hätte ich doch einen Boten geschickt! Ich bin ja nur so früh hin, weil ich ein ungutes Gefühl gehabt habe. Wollte nur schauen, ob sich da vielleicht irgendetwas Verdächtiges zusammenbraut.

Das war knapp! Jetzt wäre Sutter bald von der Straße geflogen. Mehr als 60 kannst du hier nicht fahren.

„Wegen 120.000 Francs lasse ich mich fast schnappen!", sagt Sutter laut, hat aber keine Hand frei, um sich auf die Stirn zu schlagen. Der Hehler wollte das Geld bringen, weil er den letzten Schmuck verkauft hat, hat er am Telefon gesagt. Nichts Ungewöhnliches. Sie haben sich schon mehrmals in diesem kleinen Bistro neben der Kirche getroffen. Einem Stammlokal des Hehlers. Der Wirt ist auch Italiener. Und in seinem Souvenirladen macht der Hehler ohnehin nicht gerne Übergaben. Bestellungen aufnehmen ja, aber Ware oder Geld übergeben nein. Also alles ganz normal. Aber wer ist der Kerl im Peugeot da hinten, fragt sich Sutter wieder. Ist er allein? Kein anderer Wagen zu sehen. Die Polizei taucht doch immer mindestens zu zweit auf, überlegt er. Hat er bei der russischen Kirche keine Zeit mehr gehabt, seinen Kollegen aufzusammeln? Dann hat er längst über Funk Verstärkung angefordert und werden hier bald überall Streifenwagen auftauchen. Was dann? Ein Privatdetektiv? Helene würde ich das am ehesten zutrauen, denkt sich Sutter. Muss schauen, dass ich ihn im nächsten Nest hier loswerde. Vielleicht kann ich ihn abschütteln und mir ein anderes Fahrzeug besorgen? Oder man kann sich mit ihm einigen? Ein riskantes Spiel – keine Frage! Zwei Kilometer bis zum nächsten Ort, liest Sutter. Das passt ihm. Er bremst, biegt links ab und steigt wieder aufs Gas.

Wenn ich Édith bei der nächsten Tankstelle anrufe, denkt sich Huber, sind in einer Viertelstunde alle da, die in diesem Département im Besitz eines gültigen Polizeiausweises sind und noch in irgendeinem Streifenwagen Platz gefunden haben. Wahrscheinlich vermasseln die das sowieso, mit so einem Auflauf. Und reden kann ich dann praktisch gar nicht mit Sutter, denkt er sich. Oder der kann gerade noch abhauen. Und noch etwas hält ihn davon ab. Ein Gefühl. Aber zum Nachdenken hat er jetzt keine Zeit.

Huber sieht, wie Sutter bremst, bei einer Kreuzung nach links in eine noch kleinere Straße einbiegt und wieder aufs Gas steigt. Zwei Kilometer bis zum nächsten Kaff, liest Huber. Das passt ihm nicht. Er kurbelt das Fenster hinunter.

Darf er als ausländischer Beamter bei Gefahr im Verzug von der Waffe Gebrauch machen? Sicher nicht, denkt sich

Huber und zerschießt Sutter in der nächsten Linkskurve bei fast 70 Stundenkilometern den linken Vorderreifen. Mit einem Schuss. Peng! Der Citroën schleudert, streift die Böschung und landet im Straßengraben. Huber bremst scharf ab, springt aus dem Peugeot, rennt zum Citroën, reißt die Fahrertür auf, in der Linken die Walther PP Super. Sutter sitzt etwas benommen hinter dem Volant.

„Aussteigen! Gendarmerie! Hände über den Kopf! Gesicht zum Fahrzeug! Beine breit! Einen Rührer, und du bist tot, Sutter."

Handschellen. Klick! Er hat ihn. Endlich hat er ihn! Zwei Tage vor dem Martinstag des Jahres 1979 verhaftet Martin Huber, ein Hauptmann der österreichischen Gendarmerie, Martin Sutter, einen europaweit gesuchten Verbrecher, mitten in Südfrankreich. Ohne Kompetenz, sozusagen.

Huber öffnet den Kofferraum und ohne Sutter aus den Augen zu lassen, holt er das Abschleppseil raus. Sutter muss sich hinter den Wagen setzen, dann fesselt er ihm die Beine. Zum notdürftig Knebeln hat Huber auch etwas gefunden, im Verbandszeug. Er hilft ihm auf die Beine und bugsiert Sutter in den Kofferraum. Dann fährt er los, Richtung Ortschaft. Vor der Ortseinfahrt ist eine Total-Tankstelle. Huber fährt vor das Gebäude und geht telefonieren.

Huber ruft Steffi an. Die hebt sofort ab. „Sag dem Alten, dass ich Sutter habe. Er liegt in Handschellen in meinem Auto. Ich bringe ihn demnächst in das Polizeigefängnis von Nizza. Und danke für den Wagen. Da hat Sutter wenigstens genug Platz im Kofferraum."

„Wahnsinn!", sagt die Steffi nur. Und: „Pass auf dich auf!"

Huber ruft Édith an. Die ist natürlich nicht da. Umzingelt wahrscheinlich gerade die russische Kirche samt Bistro. Er lässt sich mit dem leitenden Kommissar verbinden. „Ich habe Sutter gefasst“, sagt er. „War eineinhalb Stunden zu früh in der Nähe des vereinbarten Treffpunktes. Zufall. Blasen Sie den Einsatz ab. Funken Sie Mounier an und sagen Sie ihr, sie soll im Büro auf mich warten. Ich bringe ihn hin. Bin bald da.“

„Machen Sie keinen Blödsinn, Capitaine“, sagt der Kommissar streng. „Sagen Sie mir sofort, wo Sie im Moment sind. Ich schicke zwei Streifenwagen. Bleiben Sie, wo Sie sind und lassen Sie den Mann nicht aus den Augen. Warten Sie dort. Die Adresse?“

„Keine Streifenwagen, Monsieur le Commissaire“, sagt Huber. „Ich möchte ihn zuerst selbst befragen. Wo ich ihn schon dahabe. Wenn der erst von Ihren Leuten in Nizza vernommen wird, sagt der kein Wort mehr. Er liegt gefesselt und geknebelt in meinem Kofferraum. Ich habe alles im Griff.“

„Capitaine, ich warne Sie!“, wird der Kommissar noch strenger. „Sie haben hier keine Kompetenz. Wir sind hier in Frankreich. Das ist unsere Angelegenheit. Nennen Sie mir sofort Ihren Standort. Das ist ein Befehl!“

Huber legt auf, ruft den Tankwart, zahlt, geht zum Peugeot, dreht sich noch einmal um, geht zurück in die Tankstellte und kauft eine Schachtel Gitanes sans filtre.

Dann steigt er in den Wagen und fährt zurück zum nächsten Parkplatz an einem Waldrand. Dort steigt er aus und geht zum Kofferraum. Er fesselt Sutters Arme mit den Handschellen jetzt vor dem Körper, macht ihm die Beinfesseln auf, nimmt ihm den Knebel aus dem Mund und lässt ihn auf den Beifahrersitz. Vorher sagt er:

„Wenn du rennst oder schreist bist du tot. Oder ein Krüppel."

Huber macht die blaue Zigarettenschachtel auf und gibt ihm eine Gitane. Dann gibt er ihm Feuer. Selber zündet er sich auch eine an.

„Danke", sagt Sutter, „die Sechste heute. Sind sie wirklich von der Gendarmerie?"

Huber greift in die Brusttasche und hält ihm den Dienstausweis vor die Nase:

Republik Österreich, Bundesgendarmerie, Hptm. Martin Huber, Landesgendarmeriekommando Salzburg, Kriminalabteilung II.

Wie Martin Sutter da so in Handschellen dasitzt, sagt er plötzlich: „Nur so eine Idee, Herr Huber. Ich habe eine andere Identität, müssen Sie wissen. Fern von hier und ohne die Initialen M.S." und lächelt Huber an. „Nicht von meinem Hehler, damit das klar ist. In einem Land, in dem ich noch nie tätig war. Ziemlich weit weg von Frankreich und von Österreich. Hat mich ein Vermögen gekostet. Ich könnte sofort dorthin gehen. Sie würden nie wieder von mir hören. Für meine Freilassung biete ich Ihnen zehn Millionen Francs. Einen Verhandlungsspielraum gibt es nicht, weil das der höchstmögliche Betrag ist, den ich täglich ohne Vorankündigung bar beheben kann. Das ist ohnehin eine unüblich hohe Summe für eine jederzeit mögliche Abhebung. Eine meiner Sicherheitseinrichtungen – schnell verfügbares Geld für Notfälle wie diesen hier. Nicht einmal die Hälfte davon können Sie in Ihrem Beamtenleben noch verdienen – inklusive Beamtenpension, selbst wenn Sie über achtzig werden. Aber das wissen Sie ja. Wir brauchen nur zu meiner zu Bank fahren. Die ist in Monaco. Und hat jetzt geöffnet. Wir könnten in ungefähr zwanzig Minuten dort sein. Das Risiko, dass Sie mich dann trotzdem ins Gefängnis bringen, ist mir bewusst. Gewiss ist aber nur, dass Sie mich mit Sicherheit in das Gefängnis bringen, wenn ich Ihnen dieses Angebot nicht mache. Ihr Risiko ist, dass ich durch einen Hinterausgang entwische. In das Bankhaus begleiten können Sie mich nicht, da man uns natürlich nicht zusammen sehen darf – in Ihrem Interesse. Gewiss ist für Sie nur, dass Sie mit Sicherheit nicht wohlhabend werden, wenn Sie mich im Gefängnis abliefern. Und was haben Sie schon davon, wenn Sie mich einsperren und ein paar Superreichen ein paar Millionen zurückgeben? Ihre Vorgesetzten lassen sich dafür feiern. Sie bekommen vielleicht eine Beförderung und nächstes Jahr ein paar hundert Schilling mehr. Das war's. Und glauben Sie mir – das macht die sogenannten Opfer auch nicht glücklicher, wenn ich hinter Gittern bin. Also, so schlecht ist mein Vorschlag nicht. Den Wichtigtuern erzählen Sie dann, ich hätte mich plötzlich aus dem Auto fallen lassen und sei dann verschwunden gewesen. Sie hätten keine Chance gehabt. Es sei ein Fehler gewesen, nicht sofort Verstärkung zu rufen – im Übereifer. Oder so ähnlich. Sie haben doch Fantasie, Herr Huber. Zeigen Sie sich zerknirscht. Ihnen kann nichts passieren. Ich sage Ihnen das alles, weil ich frei gehen möchte, keine Frage. Wer möchte schon Jahre in französischen und österreichischen Gefängnissen verbringen? Ich darf Ihnen aber auch sagen, dass ich Menschen wie Sie immer beneidet habe. Sie wissen vermutlich, wofür Sie kämpfen und gehen jeden Tag zufrieden nach Hause. Obwohl Sie harte Arbeit für schlechte Entlohnung leisten müssen. Dort werden Sie wahrscheinlich von irgendwem erwartet. Sie fühlen sich zugehörig, wertvoll für das gesellschaftliche System. Fühlen sich sicher. Ich bin auf der Flucht. Und allein. Seit ich auf der Welt bin."

Huber nimmt den Flachmann aus der Innentasche seiner Lederjacke und hält ihn Sutter vor die Nase. Der trinkt und sagt: „Ah, Vogelbeer!"

Dann gibt er ihm mit gefesselten Händen die Flasche zurück. Huber nickt und nimmt selber einen Schluck. Bisher sind nur zwei Autos vorbeigefahren, denkt sich Huber – niemand hat uns beachtet.

„Und ich habe dich immer ein bisschen bewundert, Sutter", sagt er zu seinem Gefangenen. „Nicht wegen deiner Glitzerwelt oder deiner Weiber, nicht einmal wegen dem Geld, sondern weil du die Frauen verstehst."

Huber nimmt noch einen Schluck und reicht Sutter wieder den Flachmann.

„Also, was sagen Sie zu meinem Vorschlag, Herr Huber?", fragt Sutter, nimmt einen Schluck und gibt ihm den Flachmann zurück. „Da Sie auch Martin heißen – übermorgen ist Martini. Und Sie haben hier und jetzt Ihren Bettler getroffen. Sie werden reich belohnt, wenn Sie ihm geben, worum er bittet."

Huber zieht die rechte Braue hoch und dreht den Verschluss vom Flachmann zu. „Ja, und ich werde dann auch heiliggesprochen. Jetzt komm, Sutter. Wir fahren nach Hause", sagt er nur.

Martin geht langsam die Stufen hinauf und betritt das Zimmer 203 ohne anzuklopfen. Édith sitzt mit am Hinterkopf verschränkten Händen zurückgelehnt in ihrem Bürosessel. Sie hat nur eine Schreibtischlampe eingeschaltet. Draußen ist es schon fast dunkel.

„Merde!", sagt sie nur und richtet sich auf. Am Gesichtsausdruck sieht sie ihm an, dass er ihn nicht hat. Oder nicht mehr.

„Ich höre", sagt sie.

Martin geht ans Fenster und schaut zum Hof hinunter. „Ich habe ihn laufen lassen“, sagt er.

Sie steht auf, geht zu ihm hin und umarmt ihn. Kein Vorwurf. Nichts. Rien.

EPILOG

Martin Huber nimmt das Salzburger Tagblatt vom 11. 11. 1979 zur Hand und liest auf der Titelseite:

Meistgesuchter Verbrecher Österreichs entkommt der Polizei! Martin S., 35, lag schon in Handfesseln!

Der scheidende Sicherheitsdirektor von Salzburg spricht von der „Panne des Jahrzehnts". Die zuständige Kriminalabteilung der Gendarmerie hat in Südfrankreich auf eigene Faust gehandelt – und versagt! Deren Chef, Brigadier Seiss, kommt als Nachfolger des obersten Polizisten des Landes nicht mehr in Frage. Ausführlicher Bildbericht im Blattinneren.

Huber blättert ein paar Mal um und liest weiter:

Volle Gasthäuser zu Martini!

„Wer am heutigen Martinstag nicht auf seine Martini-Gans verzichten will, sollte schon einen Tisch reserviert haben – oder das Federvieh zu Hause braten", sagt Sepp Meißnitzer, Pächter der Blauen Gans. „Viele Lokale sind seit Tagen ausgebucht", freut sich der Sprecher der Salzburger Gastronomie.

Martin Huber legt das Salzburger Tagblatt zur Seite, nimmt den Nice-Matin und schaut seiner Freundin nach, die ihm gerade eine Tasse Kaffee gebracht hat, wie sie barfuß und in einem karierten Flanellhemd, das ihr bis über die Knie reicht, Richtung Küche marschiert. Napoléon blinzelt ihr zu, wie sie sich einmal kurz umdreht.

Eine Bouteille Saint Tropez Rosé
für Claudia

Geboren 1959 in
St. Johann im Pongau.
Nach dem Gymnasium
verschiedene Berufe und
ausgedehnte Reisen.
Seit 1981 im Innendienst
eines österreichischen
Versicherungskonzerns.
2002 Veröffentlichung
eines Sachbuches über
Qigong.
Lebt in Elixhausen bei
Salzburg.